河岸

黄士良 著

中国戏剧出版社
CHINA THEATRE PRESS

图书在版编目（CIP）数据

河岸 / 黄士良著 . -- 北京 : 中国戏剧出版社，
2025.4. -- ISBN 978-7-104-05617-1

Ⅰ . I227

中国国家版本馆 CIP 数据核字第 2025Z2J215 号

河岸

责任编辑：赵宇欣
责任印制：冯志强

出版发行：	中国戏剧出版社
出 版 人：	樊国宾
社　　址：	北京市西城区天宁寺前街 2 号国家音乐产业基地 L 座
邮　　编：	100055
网　　址：	www.theatrebook.cn
电　　话：	010-63385980（总编室）　010-63381560（发行部）
传　　真：	010-63381560

读者服务：010-63381560
邮购地址：北京市西城区天宁寺前街 2 号国家音乐产业基地 L 座

印　　刷：	三河市龙大印装有限公司
开　　本：	710mm×1000mm　1/16
印　　张：	28.5
字　　数：	200 千字
版　　次：	2025 年 4 月　北京第 1 版第 1 次印刷
书　　号：	ISBN 978-7-104-05617-1
定　　价：	168.00 元

版权专有，违者必究；如有质量问题，请与出版社联系调换。

自 序

呈在您面前的这本集子,纯然是本人一点点业余爱好的粗拙之作。

当内心和晨露相遇,思想和晚风触碰,便有了这些心灵吐出的语言。然后变成了书页上那些分行的文字。

我是20世纪50年代出生的一个农家子弟,高中毕业后即步入社会,回乡参加农业生产劳动,不久成了农村基层干部,之后,便先后在无锡县(锡山市)、市地方各级工作,在四十几年的工作时间里,历经村、乡镇、市(县、区)、无锡市各级党政岗位,历任过乡镇党委书记,市(县)委常委、宣传部部长,锡山市委副书记,锡山区委书记(其间:1982—1985年在南京农业大学农业经济系读书;1997—1998年在延安市挂职)。2016年年底在无锡市政协党组副书记、副主席岗位上退休。

与许许多多同龄人一样,在自己的记忆中烙下了许多深深的时代印记。这一代人的脚和心跋涉过艰辛、快乐,抑或曾有过的迷惘。

时代命运之帆鼓涨我辈人生之梦。

乘着退休之后的悠闲,我在退休后的几年时间里,在晨光晚风间随心挥就了这些可能还不能称其为"诗"的小诗歌,实系本人脑际涌晖、心泓思澜的独白浅吟,只是自己感怀岁月,品味人生的由衷抒怀。

河岸

  今天，在朋友们的鼓励下，我鼓起勇气，把这些年所写下的一些诗歌，从中选辑了一部分，汇编结集，现把这些原本只是写给自己的自吟自唱，拿出来与朋友见面，着实感到有几分惶恐和羞涩。由于本人文学底蕴疏浅绵薄，此作仅意在自娱自勉，亦作为奉给友人的一杯清茶。

  谨以此为心曲，唱给岁月，唱给时代，唱给家乡，唱给无数关爱过我以及我所敬爱的人们。

  是为自序。

2024 年 5 月

目 录

第一篇章　心泓思澜

河岸 \ 002
短诗三章 \ 008
睹物寄思（组诗）\ 016
家居物件断想（短诗八首）\ 020
沉思三题 \ 022
晨思五题 \ 025
参观寺庙后感五则 \ 029
读书 \ 032
读诗 \ 034
文字的表情 \ 035
书中的世界 \ 037
心灵的远行 \ 039
敬畏未来 \ 040
精神的质感 \ 042
人生的维度 \ 043
边缘地带 \ 044
存在的断想 \ 045

一个思想行者如是说 \ 048
飘落的秋叶 \ 049
尘埃 \ 051
晚风 \ 052
风 \ 053
岚 \ 055
风铃 \ 057
河与桥 \ 058
一潭静水 \ 060
高端 \ 061
沙粒 \ 062
静立的银杏 \ 063
假如 \ 065
海之思 \ 066
时间流 \ 068
余晖 \ 069
细日子 \ 070

青苔 \ 071

岁月 \ 072

飘忽的气球 \ 073

雨花 \ 074

卑微中的伟大 \ 075

让时间告诉你 \ 076

对话未来 \ 079

定格 \ 080

肩头 \ 082

视力 \ 083

梯子 \ 084

转身 \ 085

随思（短诗三首）\ 086

心的远航 \ 087

追远 \ 088

念想 \ 089

一块石头 \ 090

在阿炳塑像前 \ 092

远离 \ 095

观反弹琵琶 \ 097

登梵净山 \ 098

临界 \ 099

路途 \ 100

夕阳的作别 \ 101

七月颂歌 \ 102

十月的阳光 \ 106

忠魂不朽
　　——祭那些没有留下姓名的革命先烈 \ 109

不忘
　　——写在我国第四个烈士纪念日 \ 112

砥柱 \ 114

长征精神永存
　　——献给红军长征胜利80周年 \ 116

井冈山感怀 \ 118

井冈红土 \ 122

瞻仰新四军六师师部旧址 \ 124

三月春澜
　　——写在2018年全国两会闭幕之际 \ 127

黎明的思绪（组诗）\ 128

来路，峥嵘在心底呼啸
　　——献给新中国成立70周年 \ 132

"七一"时光
　　——献给中国共产党建党102周年 \ 137

不朽的红魂 \ 140

为祖国燃爆生命
　　——瞻仰"两弹一星"元勋姚桐斌故居 \ 143

中国近代科学先行者从这里走出

　　——参观华衡芳故居 \ 147

我想聆听他的声音

　　——参观钱钟书故居 \ 150

大地之吻

　　——致友人 \ 153

第二篇章　乡梓恋曲

乡愁地 \ 156

凝望太湖（组诗）\ 159

东风若梦

　　——为纪念锡山区成立20周年而作 \ 164

锡东，雄起

　　——锡东新城抒怀 \ 171

锡东放歌（组诗）\ 175

亲近锡山（组诗）\ 180

人文锡山（诗二首）\ 186

西林的风 \ 189

天一的天空

　　——赞美天一人"宁静的坚守"并贺江苏省天一中学建校70周年 \ 194

走进鸿山（组诗）\ 197

在岁月深处采风（组诗）

　　——无锡怀古 \ 201

无锡古运河诗章（组诗）\ 204

水弄堂的回响

　　——写在中国大运河绝版地无锡水弄堂 \ 212

在故乡的岁月里穿行 \ 217

烛光里的思念 \ 221

我闻着你的清香 \ 223

老家的桂花树 \ 225

难忘家乡的炊烟 \ 226

清香的麦叶汁 \ 228

故园梦 \ 229

拥抱乡村 \ 232

古村行 \ 234

顺着河流的方向 \ 236

草垛旁的童心 \ 238

致泥土 \ 240

生养我的土地总是在心上 \ 242

又闻桂花飘香时 \ 244

市井 \ 246

老弄堂 \ 248

家园 \ 249

忆双亲 \ 251

父亲的手指 \ 253

父亲的背影 \ 255

走近父亲的稻田 \ 256

父亲踏出的那条小径 \ 258

母亲的针线篮 \ 260

外婆的纺车 \ 261

母亲的老屋 \ 262

在母亲的时光里
　　——写在母亲逝世16
　　周年 \ 264

三月的恩情 \ 268

童年的小棉袄 \ 271

儿时，那一盏小油灯 \ 272

青春之约
　　——安镇中学72届高中毕业
　　50周年同学会感怀 \ 273

友聚
　　——和南京农业大学同学在锡
　　相聚 \ 276

秋日回故里 \ 277

故乡魂 \ 279

乡魂 \ 281

灶火 \ 282

想起故乡的从前 \ 283

稻香深处 \ 286

七月江南 \ 287

一座老石桥 \ 288

一口老井 \ 289

沧桑感 \ 290

家乡，那条土路 \ 291

我站立的大地 \ 293

第三篇章　岁月流韵

岁月的沉思（组诗）\ 296

往事 \ 302

重温过去 \ 304

往日 \ 307

重拾 \ 308

骨子里有岁月的声响 \ 309

怀旧 \ 310

襁褓 \ 311

在内心认识你 \ 312

生日 \ 313

流逝 \ 315

我曾拥有 \ 318

我望着你的眼睛 \ 320

清晨，当你醒来 \ 322

我看见 \ 323

经历 \ 325

岁月的记痕 \ 326

感谢昨天 \ 327

折角的书页 \ 328

绿叶之赞 \ 329

留住 \ 331

旧家具 \ 333

情愫 \ 334

离别 \ 335

年事 \ 337

水滴 \ 338

细浪间 \ 340

日历上的流光 \ 341

七夕随想 \ 343

不忘来路 \ 345

我想对明天说 \ 346

致黄昏 \ 348

晃动的岁月 \ 351

伫立街头 \ 352

站在黄昏的边际 \ 353

来来往往的人生 \ 354

银发飘出的诗意 \ 355

遇见自己 \ 356

寻找 \ 358

段落 \ 360

河流 \ 361

路上 \ 362

流年的回响 \ 363

晚霞 \ 364

浓缩 \ 365

重阳颂 \ 366

青露 \ 367

心思 \ 368

一枚海螺壳 \ 370

浪花 \ 371

城市之夜 \ 372

水的颂歌 \ 373

年边 \ 376

临风心曲 \ 377

岁末联想 \ 378

第四篇章　绿野清音

春天的感觉 \ 380

相约春光 \ 381

三月风 \ 382

柳风 \ 383

春天的遇见（短诗三首）\ 384

含苞 \ 385

蚕豆花开 \ 386

楝树花开 \ 387

红花如云 \ 389

端午 \ 390

河岸

一束艾草 \ 392

仲夏之夜 \ 393

夏景偶感（短诗五首）\ 395

夏熟 \ 397

秋日里的情思（组诗）\ 398

秋事 \ 417

秋分 \ 418

微笑的秋天 \ 420

在秋天的路口 \ 422

温暖秋思 \ 424

不负秋光 \ 425

秋风吟（组诗）\ 426

坐在晚秋 \ 430

开在深秋的野菊花 \ 431

告别秋光 \ 432

走进十一月 \ 433

我把秋天的思念寄给你 \ 434

立冬 \ 435

飘在树梢的晨雾 \ 436

初霜 \ 437

我静静地看着漫天飞雪 \ 438

家乡晨雾 \ 439

流水 \ 440

月光 \ 441

带着乡土味的月色 \ 442

压在泥土里的枝条 \ 443

风的模样 \ 444

在春风里破土 \ 445

后　记 \ 446

第一篇章

心泓思澜

河岸

一

时光筑起的厚重
盘亘着岁月
岸边经过的日夜流波
载着人间春秋

二

默默注视着
那片灵动的蓝色
想看透它
一腔的情怀

三

昔日纤夫落下的汗水
已融入时光深处的河流
用赤脚丈量的河岸
延伸着纤夫昨天的路途

四

老牛留下的足印
踏过晚风和晨光
少年儿郎的梦想
曾在这里奔跑

五

你感受过轻波拂岸的温柔
也扛起过拦截洪泛的重任
一边,白浪滔天
一边,稻麦翩跹

六

一头连着昨日黄昏
一头连着明天黎明
岁月风雨里的岸边
演绎过无数遍柳暗花明

七

你挽起的
在水一方
滋生了多少生死故事
成熟了多少人间爱情

河岸

八

这里是水的边界
倒影里
是否有
倾斜的人生

九

蜿蜒的岁月
在这里筑起的风景
泯灭了多少
蚁穴里的梦

十

一条奔流不息的河流
一条绵延不断的河岸
河岸成就了河流
同时也成就了自己

十一

你们都有着彼岸
同生共存是你们的皈依
虽然碰不到一起
但并行着相同的方向

十二

草木在你的肩头枯荣

把梦筑在你的脊梁

把根扎在你的心底

与你一起披沥时空的风雨

十三

坍塌过的岁月

不能中断你的生命

浊浪排空中

你崛立在风雨间

十四

与水的默契间

也会有碰撞

但当春风吹动

岸柳便挽起了浪花

十五

稻花香里

看惯了船上的白帆

风动处

都是诗情画意

十六

坡上青草间

散落的星光

可否记得

有多少追风的身影

十七

沉浮岁月的河流

波上回旋着悠长的心绪

岸边有远处舶来的青春

还有搁浅的梦呓

十八

在你脊背上走过的风雨

和厚植的岁月

反复召唤着

那个临水登岸的人

十九

心中流过的逐浪

流走了多少

岸上的彷徨

二十

两岸徒立的阴阳
分割着晚风晨光
筑起了人间
春秋气象

二十一

这里吹散的岁月风尘
留下的,是
跋涉者的心曲
和你长卧的灵魂

二十二

你不啻是
大自然的一道风景
岁月沉浮,又何尝不是
人生的堤坝

二十三

多少次,浮云在你头上掠过
你不为所动
把淡泊炎凉的心胸
化成一座风骨

原载于《太湖》杂志 2017 年第 11 期

短诗三章

草木情

草根

把岁月扎在深处

年年被春风唤醒

为了地上绿叶红花

你把自己深深埋在地下

青草香

青草间飘出的

缕缕清香

弥漫着

野性的魂馨

芳心

草地上摇曳点点花朵

闪耀着

向往天空的

芳心

花瓣

你的羞涩
握住了花蕊
你的张扬
播撒芳香

树藤

在攀附别人生命中
成长自己的绿色

树叶

把感恩根的
无限深情
化作了片片庇根的
绿荫

竹

虚怀中
藏着劲节
才使其
挺拔郁葱

根雕

你献出了身躯

又把最后的根须
化为神奇

银杏树

据说，你有千年寿命
是因为
你吐纳
岁月风云

藤架

你的心思
全然在编织
支撑绿色的经纬
瓜果丰硕
你却不需闻到香味

昙花

虽然，你只有短暂的一现
但，那是你最精美的绽放
你把生命浓缩的
最美愿望
献给了大地，穹苍

山水志

山与水

山
至今
你仍凝固着浪的模样
把起起伏伏
筑进茫茫岁月
水
你无休无止地
绕着山打转
在打量，山
在水中崛起的那一刻

山道

登山者的脚步
踏破的是艰辛
留下的是路径

巅峰

巅峰耸立云霄
是因为
有群山环抱

河岸

悬崖

望而生畏的千仞壁立

凌空生出了多少奇想

幻化了多少梦境

岩石

宇宙的造作

在你面前

撞碎了多少风雨

崖松

你身涉险境

在白云中

仍那样

坚韧遒劲

山涧

你冲开洪荒的

亿万年奔泻

雕刻了一条

深深的泪痕

山泉

你吐出的汩汩清流

把溜光了的山石
压在身下
兜住一潭
明月山风

瀑布

你奋身扑下的
跌宕
飞溅生命的碎花
又汇成
滔滔浩荡

风云观

高天流云

水做的灵魂
飘荡在
天的九层

雾

你的本来面目
就是朦胧
又朦胧了
别人

河岸

风

你像幽灵
东奔西走
把草木撩动
把岁月吹走

惊雷

你掷出的声、光、电
瞬间
把半片天空爆裂

雨

司空见惯的你
连绵着天地
湿润了四季

雪

你以洁白精灵的身姿
把晶莹的飘洒
塞满天空
覆盖大地

晨露

你出神入化

滋润了草木

用滴滴晶莹

给绿叶点睛

初霜

落在清晨的冷气

凝成冰花

把寒意

告诉大地

海市蜃楼

你瞬间的恢宏

欺骗了多少双

世人的眼睛

彩虹

阳光和水汽相爱的

结晶

筑起了多少

人生七彩的

梦境

2017 年 8 月

睹物寄思（组诗）

钟摆

你左右摆动
敲打着岁月钟点
旋转着日月年轮
在年华的流波里
你又弥合着沧桑的伤痕

你的每一次摆动
演化着星辰的流莹
奏唱出无眠的梵歌
拂弹尘世的律音

在你的摆动中
我看到了冬的飞雪
感觉三月的阳春
触手炎炎夏日
饱览金秋的丰盛

哦，四季的流韵

在你的摆动中
化为点滴
又凝成永恒

钟摆，你要告诉人们的
不仅是
时光流逝
还在诠释
游移中前行
旋转中周圆
摆动中平衡
轮回中永恒

金鱼缸

摇摆悠乐
沉浮安逸
仰望天光
却只有方寸
吞吐清波
却只有杯水
身居室内
却似世外
供人观赏
亦乐在其中

河岸

阶沿石

你生来就是为了别人登堂入室

而长卧在屋前檐下

任人踩踏

任风雨敲打

没有一丝喘息

没有一句怨言

在这里

你垫起了

别人立身的高度

铺筑了进入殿堂的坦途

而你却永远被拒之门外

岁月的风雨

销蚀了身躯

磨平了额头

你仍忠实地在檐下厮守

茶叶罐

方寸之间

你却能包容五湖四海

收藏着云雾缭绕

高山流水

还有雪的芽苞

和碧露春晓

它们牵着绿洲

衍着清流

含着春风夏露

一起投入你的怀抱

于是，你装下了满地春色

和夏的绿茵

还有，一个个关于茶叶的

鲜嫩故事

原载于《太湖》杂志 2017 年第 3 期

家居物件断想(短诗八首)

衣架

你僵直,呆板
不需要表情
你的功劳
撑起了貌似的人形

水盆

你是微观的
盛下的一盆静水
也可想象
怀抱大海浩浩

花瓶

你生来就是摆设
别人装饰了你
你装饰了别人

雨伞

你撑开一片风雨

给人一方晴空

剪刀

开合间

你的锋利

断金截铁

但剪不断愁丝

空调

你不分昼夜

吹出的冷（暖）气

混淆了四季

塑像摆件

你默不作声

端坐着

不知

是否也有一颗内心

画框

世界的万千气象

都被你定格

挂在壁上

2017 年 8 月

沉思三题

定力

定力，是
本真的底气
底蕴的凝结
品格的砥砺
意志的坚毅

定力，是
对规律的坚信
对世事的洞悉
是超越喧嚣的自觉
拒绝浮躁的独立

定力，是
思想境界的真谛
人格力量的雄起
是道德坚守的精神高地
理想追求的执着不息

定力，是
披风踏浪顶逆袭
杜渐防变拒围猎

是信念坚定志不变

激浊扬清正道立

信任

信任，是一颗心

一腔情

一大爱

一种美

信任，是本真

不须包装

信任，是真诚

不须粉饰

信任，是简约又是厚重

信任，是直接又是深远

信任，是面对面的相拥，也是

心贴心的交融

信任，是胸臆的直抒，也是

目光的含蓄

信任，是一泓清泉

一场甘霖

一股力量

一份期待

信任博得信任

信任厚载信任

远方

都说,远方
是很遥远的地方
我说,远方
就在心里
远方,不只是脚下的旅途
和时空的遥望
远方,是心中的未来
和思想的绽放
远方,是思念和寄托
是呼唤和等待
是爱情和温暖
是追求和希望
每人,都在追赶着远方
远方,是诗
远方,是梦

原载于《无锡政协》2016年第12期

晨思五题

回忆录

白发为毫
汗水作墨
额头的皱纹
是书写的分行

开篇,展露生命的晨曦
章节,岁月走过的四季
行文,在心血结成的
茧子里抽丝
结尾,把人生画卷收藏

阅历

经过的、苦过的、熬过的
蹉跎,凿在心底的岁月

唯一拥有,不可篡改的
生命经历

浓缩成的独有思维
对沧桑的领略

距离

虽在眼前，却很遥远
虽然遥远，却在心间
丈量距离的
不只是脚步
真正抵近的
是走进心里

距离，在梦萦里
距离，在颔首间
一个眼神
可以会意
一句问候
直达心底

情真，才会融聚
坦诚，才能走近你
拥抱心灵
天涯犹若零距离

记忆

嵌进基因密码的
刻录在生命底版的
每一次心跳
每一声呼吸

融进血管里的
凝结着
初心真谛的
岁月气息

竹笋

当你顶破地面的瞬间
就宣示了
自立于这个世界

因为你有盘根错节的根底
所以有勇往直前的豪气
你的锐利
刺破时时袭来的风雨

脱去层层躯壳
剥离成长的樊篱
坚挺了
你的雄起

刚正不阿是你的基因
高风亮节是你的秉性
从笋到竹的裂变
表达你坚韧不拔的气节

原载于《无锡政协》2017年第5期

参观寺庙后感五则

金顶

筑在山峰绝顶的庙堂
把佛举到高处
虚空流云
供奉着神灵
闪着豪光的金顶
会否
升华来者的
人性

放生池

一池慈悲
在度着生灵
人性的缘分
筑起了
生命彼岸的河堤

河岸

施善者的虔诚
感应天地
他也在
心中祈念
放生自己

石阶

挂在云间的石阶
牵着朝拜者的步履
一步一步
踏着虔诚
把弥艰
留在上面

跪拜

俯首，投地
跪下的灵魂
把滚烫的虔诚
捧给静默的佛像
求来了
内心的平衡

香烛

袅袅香思
盘升着虔诚的希冀
点点烛光
观照着祈祷者的心仪

2017 年 9 月

河岸

读书

在一个人
静谧的世界里
读点书,滋养灵魂
打开认知的窗门
书中,能看到
大地的辽阔
天空的深沉
能远溯消逝的时空
破译未知的寻问

在一个人
思想的海洋中
读点书,强壮胆魄
乘着书的风帆
去迎击心灵的波涛
去博采浪花的精神
转动理性的风轮
让思绪的清流
洗去目光中的迷蒙

在一个人

漫长的旅途上
读点书，伴行远方
书香里，洋溢智慧
字行间，绽放青春
面向未来的招手
探索求真，致远行稳

2016 年 9 月

河岸

读诗

我手中捧着一本翻开的诗集
眼睛却望着窗外的星空
我的眼神在诗行和繁星间游弋
是在诗行里寻找繁星
或是在繁星中寻找诗行
是的,我看到诗行里有星光闪烁
星空中有诗行排列

2016 年 9 月

文字的表情

有时你是温柔的
温柔得像一溪春水
娓娓道来
流动着妩媚

有时你是浪漫的
跳动在轻舞的笔花
展示你
风韵婀娜

有时你是多情的
期盼的目光
灼灼夭夭
骚动着醉人的芬芳

有时你是黯伤的
黯情湿纸
牵出一腔情怀
落下你的泪花

有时你是尖锐的

河岸

你用锋利
刺破
一切欺言妄语

有时你是铮铮的
掷地有声
用箴言
写下词严义正

有时你是坚硬的
坚守真理的高地
用坚硬的笔画
刻下灵魂的注脚

2017 年 9 月

书中的世界

你是如此厚重
厚重得看你时
要低下头
你是如此纷繁
纷繁得读你时
目不暇收
书中的世界
有波涛洪流
有飞沙走过
有山河气象
有流云飞渡
书中的世界
五光十色中
有岁月蹉跎
风云叱咤里
有浩气方遒
书中的世界
有人间正道
有远方声音
有智慧光芒
有力量源头

在你的世界里

有一种声音

激荡时空春秋

可叩问苍天宇宙

在你的世界里

有一炬火种

点燃灵魂之光

可观照人生之路

2017 年 9 月

心灵的远行

朝着憧憬

你放飞心灵

要做人生的远行

你说,要去天际

搭乘飘扬的白云

去感觉月宫的空灵

你说,要去边关

寻觅远方的知音

伴你一起远行

你说,旅途有崇山峻岭

更有无限风景

你深知,心路上

会遇日月阴晴

也有柳暗花明

你用心去触觉生命路上的风云

感知思想的森林

是从你心底生长的信念

托起了你远行的心灵

2016 年 10 月

敬畏未来

未来，是时空的深邃
是遥远的存在
是内心的渴望
是理想的期待

未来，每个人归宿的预期
牵动一生安排
未来，是一种无限的猜想
飘浮星空天籁

未来之河
有浪花
也会有险滩
未来之路
有坦途
也会有坎坷

未来，有豪迈
也会有悲哀
有潺潺流水
也会有飞沙扑来

未来，是召唤
也是鞭挞
未来，有等待
也有变幻
未来，有鲜花
也有阴霾

也许，一次举手投足会影响未来
也许，一次机遇相聚会决定未来
人生的十字路口
怎样走出你的徘徊

哦，期望未来
还要挑战未来
相信未来
还要敬畏未来
敬畏未来吧
让美好未来
在敬畏未来中到来

2016 年 10 月

精神的质感

你从哪里来
又向何处去
灵魂驱使着你
像种子
需要土壤
阳光和风雨
精神不空虚
也需要落地
看万物世界
是是非非
对立统一
精神充满物理
芸芸众生
万千生命
把握自己
生长精神有底气

2016 年 10 月

人生的维度

人生的轨迹像一个无形的立体
凸现目光的距离
胸怀的天地
和境界的高低
在这里，思想也有层距
灵和肉
表和里
人生，一样多维
虽五光十色
终要本色如一
虽仰望星空
又须脚踏实地
筑人生维度
塑一个生命立体

2016 年 12 月

河岸

边缘地带

你在这里
想寻找灵魂的驻地
因你不愿卷入是是非非
想远离烦恼
远离纠葛
远离骚扰
远离一切猜忌和非议
你想在这心中的边缘地带
让自己的身心得以栖息
但思想的世界就是这么离奇
没有真正的"孤岛"之地
边缘地带也会有风暴骤起
地球的引力
谁也不能逃离
宇宙有规律
人间有真理
直面人生之旅
不离不弃

2016年12月

存在的断想

存在，是客观的承载
是造物主的剪裁
是规律的安排
大千世界
万物众生
都是一切的存在
阳光下的存在
明亮透彻
黑暗中的存在
阴暗潮湿
存在，是有形的
也是无形的
是物质的
也是精神的
有形的存在
随处可见
无形的存在
在视距之外

存在，是在一切自然和社会中的存在
从浩瀚无垠的宇宙

河岸

到无限小的分割

从对已知物质的认识

到正在探寻的暗物质

存在的世界

世界的存在

存在，是现在

也是将来

每个人，都是世界

和社会的存在

不管你是轰轰烈烈

还是默默无闻

不管你是身居陋室

还是活跃在公众舞台

不管你是在显赫的高堂

还是位卑低矮

存在，有无数种理由

存在，也有无数种安排

自信你的存在吧

展示你的存在

让你的存在

闪耀出你的价值所在

每个人，都有自己的存在

无论在什么岗位

在什么地带

存在意味着你的将来

直面人间万象
信步等闲
用你的存在
去赢取未来
用你的存在
为世界添彩

2016 年 3 月

一个思想行者如是说

一个行者的身后
留一道轨迹
刻录了他人生的思虑
他说，他思考过人生的目的
也探求过初心的真谛
他有警觉祸起萧墙里的忧患
也悟悉风起于青萍之末的隐喻
他说，他在大地行走
却常思展翼
想到云端
俯视这个世界的扑朔迷离
他说，他的灵魂不需要外衣
他，就是他自己
朔风而走
行走在风里、云里
行走在他的思想里

2016 年 3 月

飘落的秋叶

在瑟瑟秋风里
一片枯黄了的树叶
像一片收藏季节的诗页
缓缓飘落大地
在秋风飘荡中
诉说自己骄傲的经历
它曾勃发春的绿叶
燃烧夏的热烈
它融入大自然的气息
同大地一起呼吸
它用自己的身体
转换太阳的光能
给世人撑起一方清凉的天地
秋风里
有一片飘落的枯叶
没有一丝悲悯
没有一声叹息
静静地,以它潇洒的姿态
与老树干作豪壮的别离
它说,它已走完了生命的周期
要进行一次重生的洗礼

河岸

它说,它已把自己的余能
储存到老树干里
愿化作来年的一粒春泥
去孕育新的生机
它说,它已胜利完成了一个赛季
而今,将踏上归旅

2016 年 11 月

尘埃

在无限小的世界里
一粒尘埃
在天空中飘落
在云端里下坠
尘埃说,它是从宇宙中来
来自陨石的粉碎
它,已变得非常渺小
微乎其微
没有一点光彩
但,对大自然依然膜拜
在这个世界上
它要找到自己归宿的未来
它说,它和它的兄弟积聚
还会催生新的花开
哦,一粒细小的尘埃
也有偌大的胸怀
尘埃虽小
却在追求永恒的存在

2016 年 10 月

河岸

晚风

经常,我在旷野中临风而走
让晚风舔我的面额
吹起几缕头发
梳理一下我的心绪
一天,不知又发生了多少世事
人生,就是这样每天的堆砌
我感觉到有点心烦
想疏解一下
把一天的烦恼、疲倦
统统抛向空中
随风而去
而我,又呼吸到清新
我在晚风中徐行
极目天空大地
和万千风景
想把广阔装进我的胸中
振一振精神
企明天会有一个好的心情

2016 年 10 月

风

风——
你起自身边
来自天际
你有时旋舞
有时飞起
你有无穷魅力
也有冲天豪气
你在树冠上飘动
在田野里栖息
你横扫阴霾
为天空洗礼
你吹扬飞尘
还洁净大地
你慨慷时
大声呐喊
你多情时
微风习习
你愤怒时
歇斯底里
你温顺时
轻声细语
春光里

河岸

你荡起杨柳依依
秋色里
你点染枫叶艳丽
夏日里
你吹散热浪炎炎
冬天里
你卷落漫天飞雪
一年四季
三百六十五天里
你任意驰骋
但也有轻重缓急
你遵循规律
但也有时无序
你有你的秉性
也有你的脾气
我们和你相近
你与我们不离
风中,我们看到
彩云升起
风中,我们看到
红旗猎猎
风——
我们看到
你载着梦想
遨游天际
情系大地

2016 年 10 月

岚

你是雾的升华

是山谷灵气的飘逸

你幻化在有色无色之间

缥缈在空谷山林之巅

你是日月的流莹

是天地的澄澈

你是心灵的曼妙

是神韵的绮丽

你是升腾在流云间的梦

你是舞动在叠翠里的风

你在灵动中缥缈

在缥缈中变幻

在变幻中神奇

你有露的晶莹

雨的滋润

云的虹霓

你蒸腾着大地的气息

蓬勃着森林的呼吸

河岸

哦,你一身圣洁

要在静静山谷里

做虔诚的洗礼

在阳光的七彩里

出落成凌波飘逸的仙女

2016 年 11 月

风铃

是风给了你生命
那风中的每一次摆动
敲响的
是你的心灵
发出的
是你心中对风的回音
无论太阳朝升夕落
还是星空黎明
无论春秋寒暑
还是风霜雨淋
你的身影
总是在空中超然悬停
以一往挚情
伴长风起舞
挽岁月共吟
给人们送来阵阵悦音

2018 年 11 月

河岸

河与桥

在鸟儿眼里
河是大地上的裂缝
桥是缝合两岸的补丁

在动物眼里
河是圈住它们的围栏
桥是它们觅食、产仔的小道

在风眼里
河是它们兴风作浪的舞台
桥是它们过往的走廊

在云眼里
河是缠住原野的腰带
桥是腰带上的彩结

在雨眼里
河是它们汇流的出路

桥是它们歇脚的驿站

在世人眼里
河是生命的源流
桥是人性的通途

2017 年 12 月

一潭静水

一潭静水
映照着心肺
对着它絮语
湿了思绪

当夕阳斜照
弯月垂钩
看晚霞泛金
月光轻洗

哦，一潭静水
慰平了心气
在这里
飘溢着禅意

2018 年 5 月

高端

是遥不可及的吗

在浮云里若隐若现

不,高端

已成为热词

流行在

网络上

茶叙间

生活里

流行在各领域

流行在

一切

人们追求的

视线中

2018年5月

河岸

沙粒

一颗沙粒
安静地
和一堆沙粒
躺在一起
拥挤相依
它们,不屑辱没
不觉卑微
单身独处时
也会折射阳光
漫天飞尘时
不染尘埃
坚硬的性格
暴风雨
也不能使它变形
反而洗礼得更加光亮
团聚起来
可变成山丘
高楼

2018年5月

静立的银杏

一棵静立的银杏树

披着朝露晚风

不知在这里

厮磨了多少

岁月流云

你一树葳蕤

端坐一地宁静

清爽的枝叶

挺拔一身干净

你没有炫耀的花朵

却结出累累白果

把清心寡欲

挂在枝头

无论风风雨雨

云淡天清

在这里,默默地

站成一道风景

银杏啊,我知道

你承袭的祖先基因

曾经,千百年风吹雨打

河岸

曾经，千百年梵音浸润

你昂起树冠

欲与天籁对话

仰望星光

神驰苍庭

你摆动枝叶

和长风共舞

吐纳时光

际会风云

你一生安详

与世不争

素洁禅风

谱延年福音

我想试问

谁能与你相近

撷得一颗净心

2018 年 9 月

假如

风，吹拂过
我的梦幻
我想再抓把童年的岁月
无忧无虑
重拾儿时的欢乐
假如，时光能够倒流

风，收藏了
我的记忆
我想从头再起
重新规划人生
重写我的履历
假如，还在昨天

风，曾温暖
我的血管
点燃过我的激情
我还想沸腾
还想喷涌
假如，还有生命的抉择

2018 年 5 月

河岸

海之思

海风

在帆上发力
在波上扬威
温顺时
托起白鸥翱翔
凶狠时
翻卷黑云暴雨

海浪

波的追逐
海的抽搐
排空的野马
起伏的地平线

时空中堆起的
远古的浪
已登陆
成了矿藏

海潮

日月遥控的奔腾

如约在潮汐涨落

在地心深处

操弄着你的起伏

2018 年夏于青岛疗养院

河岸

时间流

不可逆向
没有枯萎
不分黑夜白昼
没有驿站停留
无休无止
风雨兼程

时间的风，匆匆
时间的云，悠悠
时间的水，长流

时间留下的脚印中
欢乐悲愁
世间恩仇
坦途坎坷
都在时间流中
流逝

2017 年 5 月

余晖

太阳把最后一片余晖
筑成斑斓的屏障
要阻挡走近的夜色
护卫大地的光明

余晖以燃尽自己的决心
把最后的光能
点亮星空
要唤回明天的黎明

2017 年 4 月

河岸

细日子

把岁月掰开

放在手上搓细

再用汗水拌和

心血浸润

这样筑起的日子

像屋后的小山

过得牢靠

像家门前汩汩细流

过得绵长

像外婆纺车摇出的丝线

过得精细

2017 年 4 月

青苔

你攀附在老街的脊背
在那被岁月磨凹的
石板路上
匍匐着青色的旧梦

你卑微却坚韧
默默承受践踏和风雨
那浸染沧桑的苔斑
印记着行走的岁月

2017 年 3 月

河岸

岁月

岁月,落在时光的转盘
不能逆行
沿途,成就了多少梦想
留下了多少风景
又抛下多少惆怅
多少离影

岁月的光环
有荣耀的鲜亮
也叠印着泪印
岁月的歌声
有高亢的旋律
也缭绕低沉的颤音
岁月的长河
流淌着不息
也盘绕着弯曲

岁月,在炊烟里飘走
在流云中远离
在履痕中湮没
在落日里西隐

2017年2月16日

飘忽的气球

飘悬空中的气球
牵着彩带
舞动喧哗
招展一番气象

它也把鸟瞰
收入自己的眼球
看热热闹闹的过场
待到曲终人散

在华丽的背后
一只飘忽不定的
气球，慢慢地
飘落向它的尽头

2017 年 2 月 16 日

河岸

雨花

在水泡破碎
瞬间
溅飞的雨花
成就了
一次破灭中的绽放
神圣,或许是在悲惨中诞生
雨滴,以砸落大地的粉碎
而飞起的雨花
抒发了
柔情的豪壮

2017年2月16日晨

卑微中的伟大

一缕弱光
也可播下光明
一阵清风
也可廓清天疆
一句软语
也可荡气回肠
一颗沙粒
也可筑起山梁
一涓细流
也可汇成海洋

2017 年 8 月 7 日

河岸

让时间告诉你

让时间告诉你
时间是滤色镜
时间是沉淀池
时间是回音壁
时间是平衡器
时间是治伤的良药
时间也是锋利的刀戟

让时间告诉你
五光十色的谱底
尘世纷繁的过去
横流沧桑的风气
贻害大地的顽疾
舞台之上的面具
还有逆风中的梦呓
时间的长河
会淘尽流经的一切

让时间告诉你
宇宙的铁律
实践检验真理

浮云上面是蓝天
风雨过后见虹霓
扬弃风尘现真谛
洗尽铅华终是你

让时间告诉你
时间里有公平正义
出水才见两脚泥
长年沉冤可昭雪
"道貌"终被摒弃
伪装也会剥去
日久见人心
路遥知马力

让时间告诉你
时间里有真情厚谊
年轮里会长出至爱的花絮
岁月酿成心底的甜蜜
黑夜里总有星光相遇
患难中有挽你的手臂
一帘霜花，叠印你眼中的希冀
一生知遇，相助你人生之旅

让时间告诉你
时间里有力量源泉
信仰是立身所倚
奋斗求生命不息

河岸

久经磨砺

才能雄起

坚守方向定力

所向披靡

让时间告诉你

时间里蕴含无穷哲理

沧桑大地

浩瀚天体

万物生机

对立统一

一切皆在连绵不息的

运动变化里

让时间告诉你

是它，把过去和未来连在一起

又把空间维系

演绎层出不穷的奇迹

哦，让时间告诉你吧

告诉你时间里的所有秘密

时间里过去的一切

一切的过去

2018年6月12日

对话未来

在辽阔的大海
有一片湛蓝
它是你心中的未来

在浩瀚的星空
有一方穹碧
它是你遥望的未来

在无垠的沙漠
有一处绿洲
它是你神往的未来

在朦胧的彼岸
有一束火光
它是你憧憬的未来

在心灵深处
有一声呼喊
它是你期待的未来

2018年6月14日

定格

岁月的镜头
总是会对人生片段
来次定格
瞬间的定格
却裹藏春秋漫漫
记录今天的画面
激扬过往的灿烂
有多少信息
在定格里凝聚
打开，肯定
五光十彩

定格，不是人生的休止
它是对走过的路程
留存的珍版
定格的姿态
定格的至爱
定格的微笑
定格的豪迈

定格，定格着

你的思考

你的怀抱

定格着

你的励志

你的骄傲

定格着

你的爱情

你的情操

定格着

你的飞扬神采

你的可圈可赞

哦，让这瞬间的定格

载向未来

在生命之歌的乐章里

激昂咏叹

2018 年 7 月 2 日

肩头

立起一座山
扛起一条河
肩头哟，你负重昂首
砥柱中流

风雨担过
雷电滚过
肩头哟，你承载日月
一肩春秋

能挑千斤担
不挑九十九
肩头哟，你永志担当
决不诿过

朔风横流
岁月蹉跎
肩头哟，你一生守望
爱的依荷

2018 年 7 月 3 日

视力

陪小孩去医院测视力
心里忐忑着
对孩童视觉世界的恐惧
她还没有看清人生
千万不要短了视距
我忽而又想到自己
似乎在心里
已然弱化了对世界的视力
眼前已飘忽模糊
真想有一副明镜
再让清晰的世界
在眼前站立

2018 年 7 月 16 日

河岸

梯子

司空见惯的梯子
是为人类爬升而诞生的
不知经历了年代几何
也不知踏上了多少人的脚步
肩起的世界高度
它弥补了人类的短处

梯子的影子
无处不有
它身陷过古战场攻城拔寨的战火
立身家舍屋宇一隅
它耸立于云端高楼
俯瞰烟云横流……

其实,梯子
不只架设在有形的空间
还架设在心灵深处
架设在人生的路途

2018年7月18日

转身

一个转身

牵动了岁月

昨天的记忆

成了过期的船票

风雨追随的身影

是否已成了

远去的缥缈

一个转身

物是人非

身旁

还有多少幽情回绕

人在路上

总会遇晃晃摇摇

路在心上

不变的

是心中的坐标

2017 年 8 月 5 日

随思(短诗三首)

大与小

世界是大的
但小中
也有世界

衣架子

不见言笑
腹中空空如也
却端着
一本正经的架子

稻草人

其实,祖先把你发明
只是借你个人形

2018 年 8 月 7 日

心的远航

碎云拼写的时光
散嵌在我的梦里
黑夜托起的星光
遗落在我走过的路上
燃情的露珠
点亮生命的天空
一片心帆
绕过岁月的暗礁远航

2018 年 8 月 7 日

河岸

追远

在时光的纹理里
我追寻履痕的遥远
捧起踩过的乡土
犹闻到祖宗的气息
树梢上盘旋的朔风
还承袭昔日的寒意
悟彻过的生命
会在春花间苏醒

2018 年 8 月 12 日

念想

跋涉在记忆的山重水复
这里的缱绻
漫过岁月的流云
总是牢牢地
把心尖套住
挥之不去

曾经的过去
总有那些人和事
镌刻在心间
充塞人生的履历
和心灵的词库
时空烟云激荡的那份念想
总是随风而动
随雨而湿

2018年8月12日

河岸

一块石头

摸着你的厚重
望着你的坚硬
你无言但在诉说亿万年的造化
你凝重但透出天籁般的空灵

你虽只有咫尺躯体
但我仍看到,你有
沟壑纵横
悬崖壁立

你虽没有蜿蜒千里
也不起伏于天际
但在我眼里
你依然是一座高山崛起

你不作任何表白
只是默然地存在
但我知道,你经地火涅槃
才淬炼成今天的风采

你如此安宁

但我知道,你有过动地惊天
在我眼里,你的岩浆还在喷发
你的生命还在裂变

你从不卑微
无论在哪里,都有铮铮骨气
哪怕成一颗沙粒
也要映照天地

你不屑浮浅
即使粉身碎骨
也以自己的姿态
傲然站立

对于你,千年风雨
只是一个哈欠
每一块石头里
都藏着一个宇宙的秘密

2018年8月15日

在阿炳塑像前

二泉广场

阿炳的塑像在这里矗立

你在泉水和月光间

用你那把悲愤的二胡

拉出的那支旋律

感动了世界

近一个世纪

那如泣的音符

充满悲怆

那如诉的旋律

倾泻愤意

你要把你的颠沛流离

你要把你的满腔哀鸣

倾诉给苍天

倾诉给大地

我在你塑像前伫立

静静凝望你

想看看

在你黑暗的世界里

你的心是否还在滴血

在虔诚揣摩你

想找寻

你那时内心的焦虑

在心里谛听你

想感触

你在那个时空的发泄

此刻，我的心脏

在和你一起共鸣

我的肺腑

在同你一起悲切

我看到了

我听到了

当那月光落地

你琴声悠然响起

泉水便化作了泪飞

松柏也在垂立

我在你塑像前徘徊

是在对你无声的追忆

你人生的履历

是苦难和艰辛的交织

是淡泊和厚重的堆砌

是卑微和伟大的交集

河岸

你用佝偻的身躯

驮起了世界音乐殿堂的高地

把中华民族的优秀旋律

谱进了人类文明辉煌的篇章里

在这里，我在仰视你

看到了一个音乐伟人的伫立

2016 年 9 月

远离

你真想远离吗
远离心中的樊篱
和挥不去的思绪
你是想不被世尘飞袭
要在意识里
做一次逃离

你想在春天里
让身体留在芳草地
叫灵魂飘向圣洁
其实,人生不是游戏
归宿,自有规律
可让心灵做次漂流
在清波里,看看两岸
风光绮丽

你还想远离吗
远离你心中的自己

河岸

日月流转

生命中会有不断摒弃

谈笑人生岁月

每天都会有新的自己

祈冀心中的远方

阳光熠熠

2018 年 9 月 21 日

观反弹琵琶

一副惟妙惟肖的婀娜身姿
和从背后反弹出的弦音
一起合成了一曲曲
洞穿心肺的魅力
那指尖上拨动的
是人生的倾诉
还是世态的反照
你反弹出的弦歌
不知是心的可歌
还是情的可泣
抑或，那指尖拨弄的
是玩转世故的娴熟
是风情和人性间的舞动
哦，那弦丝上流出的
又似一缕缕魂魄
在袅袅升起
那可是心灵的动化
风华的绝伦
妩媚的绝唱

2018 年 6 月 17 日

登梵净山

手拉锁链
脚踩云海
攀登在梵净山道
似行走在天籁
看六百里崔巍
挂九天云彩
蘑菇金顶
云端之外筑高台
独尊黔东南方
可媲五岳风采
一步一雄关
扶摇浪漫

2016 年 11 月

临界

我看见

你从彼岸走来

涉过泱泱流水

我看见

在时空的叠卷里

你在原点至终点间奔走

是与非

对与错

成与败

功与过

一念里，转瞬间

人生临界处

错落岁月的高度

2018年6月17日

河岸

路途

岁月蹉跎的旧影子
低回着呻吟
在时空上面
飘浮着喘息的背影
路途依然是路途
跋涉依然在跋涉
留下的脚印
走向无垠

野草在这里欢呼
它们在风中
掀起生命的波浪
此时，它们何等高贵
摇曳的星光
漠视天空下的一切
风中传出的诗句
托起了路途上的风光

2018年6月7日

夕阳的作别

夕阳骑在山坳

把最后深情的流盼

留给大地

巡游天际的一日

多少个辉煌的瞬间，热烈

烘托过大海的潮汐

拥抱群山旷野

和芸芸人间

生命，在你的照耀里

绽放

心灵，在你的温暖里

呼吸

三百六十度经纬

三百六十五个昼夜

都有你闪光的轨迹

今日，夕阳又要与我们作别

其实，又是你照亮另一半天地的

光明原点

2018 年 6 月

河岸

七月颂歌

江南的七月

拥有一片火热

在中国革命历史上

她是一个伟大的季节

在我们的心头

有着多么庄重的凝结

公元一九二一年七月一日

一个开天辟地的日子

她燃烧起的熊熊红色火焰

注定要烧毁旧世界的白色锁链

注定要成功开创中国人民解放的正义事业

嘉兴南湖的红船上，十三位代表

召开的中国共产党第一次全国代表大会

发出了震撼世界的

中国共产党成立宣言

举起的镰刀斧头

敲响了黑暗旧中国的丧钟

开辟了新中国的光辉天地

南湖的红船，踏碎波浪

拨开上空的烟雨

那强劲跳动的共产主义理想的初心

驱动了中国革命航船的伟大启航

南湖的风，引来了中国革命的狂飙

南湖的水，激起了人民解放的巨浪

七月一日，那个不平凡的火红日子

从此开启了中国革命的艰辛征程

燃烧起了中国共产党不熄的辉煌

从上海的石库门

到北京的天安门

从粼粼南湖水

到茵茵中南海

从一九二一年七月一日到一九四九年十月一日

在那个七月的南湖红船——

中国共产党的"产房"

用特殊的火热温度

诞生了特殊的伟大生命

用壮丽的理想激情

孕育了伟大的中国共产党

坚强成长，发展壮大

从幼稚走向成熟

从胜利走向胜利

从一九二一年的那个七月起

有多少个七月

河岸

在烽火中淬炼

在硝烟里闪耀

有多少个七月

战旗漫卷

冲锋不息

是共产党人的坚毅步履

筑起了漫漫峥嵘的斗争岁月

一路浴血的长征万里

唤起全国人民抗击日寇侵略

奋起推翻三座大山

直至，你宣告中国人民站起来了的庄严时刻

七月啊，你的光辉

一直在党的旗帜上熠熠闪耀

一直在革命征途上绽放延续

从九十六年前那个七月

走过来的伟大的党

始终坚定初心的步履

历经风雨，更加坚强无比

伟大斗争，伟大事业

伟大工程，伟大复兴

伟大、光荣、正确的党啊

你的前程

更加辉煌壮丽

今天，在光辉的十月里

更坚定九十六年前那个七月
迈出的步履
开始了新时代的决胜征程
那双巨手举起的
新时代中国特色社会主义大旗
指引我们奋勇向前
去迎接两个一百年的伟大胜利

2017年10月写于党的十九大胜利闭幕之际

河岸

十月的阳光

又是一个金灿灿的十月
十月的阳光
在天地间
辉煌着天空、大地
辉煌着山川、河流
辉煌着一草一木
辉煌着每个人的笑颜
十月的阳光啊
你给大地洒下的灿烂
又成熟了一个季节
绽放出遍地喜悦
让生活充满了七彩

十月的阳光
你是神圣的
当一九四九年十月一日的早晨
一轮红日升腾在神州东方
你托起了新中国的艳阳天
从此，大地充满了光明
中国充满了光明
你金焰万丈的光芒

照耀着新中国的道路
照耀着中国人民的梦想
照耀着共和国的脚步
跨过峥嵘岁月的激流
攀登伟大事业的高峰
你闪耀千秋的光芒
驱散横穿的风雨和阴霾
让祖国大地
艳阳满天

十月的阳光
你是温情的
当轰然奔驰的
时代列车
载来祖国又一个
崭新的十月
从开放的东部城市
到崛起的西部高原
从北国边陲
到南海岛礁
从长城内外的山川河流
到大江南北的广袤田野
从五十六个民族的兄弟姐妹
到海外五大洲的中华儿女
十月的阳光啊
你普照着祖国的每一寸土地
照亮了每个中国人的心房

河岸

温暖着城市的每条街道
乡村的每个村庄

十月的阳光
你是壮丽的
在新时代改革大潮的浪花中
闪耀着你的光彩
在实现中国梦的征途上
迸发出中国制度
中国道路的荣光
十月的阳光啊
你壮丽的七彩
燃烧着建设全面小康的
蓬勃豪情
始终照耀着实现伟大复兴的
康庄大道

2016 年 10 月
原载于《无锡政协》2016 年第 10 期

忠魂不朽
——祭那些没有留下姓名的革命先烈

你们消逝在硝烟弥漫的战场
消逝在白色恐怖的黑夜
消逝在艰苦卓绝的斗争岁月
不知走向了何处
大概,你们也会走向天堂
只是,人们怀念的视线
无法追踪
沉重的哀思
无法寄托

你们的灵魂
还在飘荡吗
还在寻找你们的归宿
你们是否在想
你们信仰的主义
是否已胜利
你们追随的队伍
是否还雄壮
你们的心

河岸

是否还在激荡

还想在战场上

跃起

向前冲锋

把最后一颗子弹

射向敌人

把拼弯了的刺刀

再刺向敌人

或者,你们

还在囚室里

挺立

面对敌人的狰狞

向不屈的方向

迈进

去笑迎

红日的升起

但,你们确已消逝

消逝在

伟大征程的途中

却没能留下

自己的姓名

啊,你们的身影

深锁在岁月的深处

被历史烟云掩埋

在无声中长眠

醒来吧,无名的英雄

看一看，今天的阳光

是何等灿烂

回家吧，无名的先烈

看一看，充满阳光的大地

是何等的壮丽

今天的大厦

是你们奠的基

今天的光明

是来自

你们点燃的火炬

你们的鲜血

已飘扬在今天共和国的旗帜上

你们的呐喊

已回荡在时代的长风

你们的生命

已奔赴在中华复兴的伟大征途

2017 年清明节

原载于《无锡日报》（太湖文学版）2017 年 4 月 12 日、
《无锡政协》2017 年第 2 期

河岸

不忘
——写在我国第四个烈士纪念日

你们的忠魂
还在激荡吗
还在朝人民解放的目标凝望
你们的理想
已镌刻在共和国的丰碑
你们的灵魂
已在人民心中安放
你们倒在前进路上的
那个地方
就是一个
革命斗争路上的地标
虽然，你们没能看见
新中国的太阳升起
你们没能看见
社会主义在神州闪耀的光芒
但为了这一天
你们在敌人刑场上英勇就义
在战斗硝烟中光荣阵亡
冲锋不止，是你们生命的呼号
死而慷慨，是你们理想迸发的

最后荣光

人民会记住

你们冲锋时的壮烈呼喊

你们临危时的不屈精神

我们知道

你们一定会回眸笑慰

今天祖国繁荣兴旺

也会为今天

人民安康

而热泪盈眶

因为，那是你们

为之奋斗牺牲的目标

那是你们不懈追求的向往

你们的血肉灵魂

已融入今天中国的辉煌

牢记历史，初心不忘

伟大复兴，全面小康

新时代，正在

高歌启航

2017年9月30日

河岸

砥柱

一部《共产党宣言》
唤起了
东方巨人的觉醒
难忘的一九二一
"七一",一个神圣的日子
有一群人
举起了镰刀锤子
把华夏的砥柱奠定
从南湖出发的红船
载着中国共产党的使命
和中国的前途命运
启航前行
从此,有你带领
走过了长征
赶走了日寇
推翻了一个旧中国
迎来了新中国的黎明
改革开放
强国富民
百年梦想
伟大复兴

巍巍中华

已崛起在世界之林

九十五年的风雨

九十五年的雷霆

披荆斩棘

叱咤风云

从严治党，不改初心

中流砥柱更坚定

写在庆祝中国共产党成立九十五周年之际

原载于《无锡政协》2016 年第 6 期

河岸

长征精神永存
——献给红军长征胜利 80 周年

从江西于都的渡口出发
到胜利抵达陕北延安古城
三百六十多天的征途
二万五千里行程
自从盘古开天地
三皇五帝到如今
长征,举世无双的长征
你的艰苦卓绝
你的顽强坚韧
你的气吞山河
你的浩然壮举
惊天地,泣鬼神
大地记录了你的征程
岁月磨不灭你的履痕
湘江翻滚的血流
泸定拼杀的呼号
血染的征途
一路埋忠魂
你突破凶恶敌人的追捕围困
你征服雪山草地的死神
艰难险阻,前无古人

还记得啊，娄山关的霜晨
雄关漫道真如铁
而今迈步从头越
马蹄奔腾
还记得啊，跨越千里岷山后
发出的磅礴之声
红军不怕远征难
万水千山只等闲
长征，为了民族生存
向北，向北
一路风餐露宿
一路义无反顾
奔赴抗日烽火的战阵
为了革命理想
前进，前进
一路枪林弹雨
一路克敌制胜
迈向中国革命的胜利之门
长征，伟大的征程
开创了中国革命胜利的
煌煌进程
托起了东方红日升腾
迎来了中华民族之春
长征，永恒的长征
长征精神永存

2016年7月18日
原载于《无锡日报》（太湖文学版）2016年11月2日、
《无锡政协》2016年第7期

河岸

井冈山感怀

我来到井冈
怀着无限的崇敬和神往
望一望，青山苍苍
闻一闻，杜鹃芬芳
井冈，这块神圣的地方
你引来多少世界的目光
你每寸红土地上
都写着壮丽的诗行

我来到井冈
从历史深处寻访
朱毛红军挑粮的小道
小井红军医院的病床
茅坪墙上的红军标语
湘赣边界第一次党代表大会的会堂……
一处处历史的遗迹
一幅幅珍贵的旧照
它们鲜活地诉说着
当年那风起云涌的革命景况
八角楼的灯光
照亮了长夜难明的东方

"星星之火,可以燎原"的雄论
廓清了"红旗到底能打多久"的迷惘
啊,伟大的井冈
你是中国革命的摇篮
孕育了人民解放的曙光

我来到井冈
历史风云在胸中激荡
这里,建立了第一支共产党领导的红军武装
雄师铁流天下无双
把"枪杆子里面出政权"的革命真理
铸进了人民军队的枪膛
这里,建立了第一个农村革命根据地
到处奔涌起武装斗争的红色浪潮
建立红色政权
人民当家作主
打破了神州亘古天荒
土地革命掀风暴
让万千劳苦大众
能在自己的土地上种粮采桑
闹革命,求解放
跟着红军共产党
红旗展,阳光照
根据地的天空多么明朗
啊,壮丽的井冈
中国革命胜利的道路在这里开创

河岸

我来到井冈

扑面感受峥嵘岁月的波澜跌宕

红米饭,南瓜汤

依靠人民力量壮

母送子,妻送郎

"十送红军"犹在耳旁

反"围剿",夺胜利

众志成城扫敌狂

我依稀又听到黄洋界上炮声隆隆

我仿佛又看见哨口山下旌旗在望

啊,英雄的井冈

军民团结势不可当

我来到井冈

好似又走近伟人身旁

历史与现实在这里时空交融

今天与昨天在这里开来继往

饮水思源,温故知新

前进路上不彷徨

行程万里,初心不忘

井冈山精神光芒永放

啊,永恒的井冈

你是我心中永远的向往

我来到井冈

精神在这里升华

心在这儿安放

牢记宗旨，人民至上
坚定信念，心中有党
三严三实，坚守纪纲
实事求是，勇于开创
全面建成小康
谱写中国梦的荣光
实现人民对美好生活的向往
这是共产党人新的历史担当

2016 年 3 月
原载于《无锡政协》2016 年第 4 期

河岸

井冈红土

井冈山，那片红土地
在阳光下
腾着赤焰
透着壮烈
就是这片土地
诞生了
中国革命的第一个农村根据地
猎猎红旗
映红了天际
映红了这片土地
于是，这里的红土地
有了别样的意义
这片红土地啊
演绎了多少英勇豪迈的故事
留下了多少带血的足迹
把红色基因
深深地埋植在这里
于是，这片土地
承载了
厚重的红色记忆
而今，凝望这片红土地

红色风云在胸中漫卷

从历史深处涌来的心潮

回荡着昨天

激荡在心底

一幅血与火的画卷

在心中展开

2016 年 3 月

原载于《无锡日报》（太湖文学版）2016 年 11 月 2 日

河岸

瞻仰新四军六师师部旧址

锡北张泾

一个叫诸巷的小村庄

一幢老式的二层小楼

在人们敬视的目光中

傲然兀立

回眸七十多年前

新四军六师师部就驻在这里

曾经,燃遍江南大地的

抗日烽火

在这里引燃

跟敌顽作战的号令

在这里发出

端详旧址陈列馆展出的

一件件斗争史料

一个个战斗中留下的珍贵实物

一张张记录当时情景的历史照片

似一团团斗争的火焰

在眼前升腾

一个个战斗场景

在眼前掠过

时至今日
中国革命斗争中
飘扬的新四军战旗
似乎仍在这里招展
并发出猎猎的声响
它漫卷的硝烟
还在扑面飞来
战旗鲜红的血色
闪耀着
战士们鲜血染成的荣光
还有,那
冲锋的号声
战士拼杀的呐喊
一并在我面前展开……

是的,在这里
我看见了"铁军"严整威武的队伍
踏出的铿锵坚定的步伐
看见了他们
奋起的身影
和冲锋的姿态
看见了他们
不屈不挠,绝地抗争
死而复生的精神……

啊,铁的新四军
光荣的队伍

河岸

为了新中国的黎明
高唱着新四军的军歌
赴国难
战敌顽
浴血战斗
前仆后继
谱写了多少
可歌可泣，英勇壮烈的
光辉史诗

今天，在这里
我更懂得了你
中国革命伟大胜利的丰碑上
永远挺立着你
光辉的身影
铭刻着你
伟大的名字

2016 年 5 月

三月春澜
——写在 2018 年全国两会闭幕之际

三月，春风催开
绚丽的花瓣
崔巍山河
盛开着斑斓

三月，万里春澜
澎湃新的时代
人民大会堂发出的强音
磅礴东方巨人的豪迈

三月，中国蓝图
辉映寰宇
中华民族正以辉煌的姿态
雄起在世界舞台

三月的大地
东风浩荡
春阳熠熠
普照伟大的新时代

2018 年 3 月 20 日
原载于《无锡政协》2018 年第 2 期

河岸

黎明的思绪（组诗）

黎明

当每天黎明破晓
追逐梦想的人们
又开始新的一天奔忙
祥和的晨风里
老人们舒展晨练的臂膀
孩子们走向温馨的课堂
此刻的中国啊
安宁抚慰着共和国的早晨
幸福浸润着每个人的心房

七十年来我们迎来的每一个黎明
都来自一个
最伟大，最神圣，最光辉的黎明
——一九四九年十月一日的黎明
那是中国共产党领导人民
历经二十八年浴血奋斗
千百万人的鲜血和生命凝成的
血色黎明
从此，世界东方地平线上升起的
那片红色光芒

照亮和温暖了饱经苦难的中国
从此,每个黎明绽放的晨曦
都会照亮和温暖
每个中国人的心

在国旗升起的时刻

昂起头颅,注视升起的五星红旗
让思绪又一次
穿越时空的硝烟
跳荡的红色
是在燃烧先烈喷溅的血液
这一刻,冉冉升起的国旗
升起了人民英雄纪念碑的沉重
升起了山河大地的敬仰
此刻,我依稀看见
天上无数双忠魂的眼睛
相映着五星红旗血色的光芒
边陲哨所,这一刻
坚挺着守护祖国的意志
乡村小学的学生,这一刻
高举宣誓明天的手臂
这一刻,我追随红色的目光
就是我飞扬的思绪

瞻仰烈士陵园

清风在这里低吟

河岸

似在呼唤烈士的英灵

大地在这里默念

你们血染的功勋

你们是否还在

追寻你们的憧憬

在春风里回眸

笑慰你们的初心

哦，大地清明

此刻，一个清晰的意象

在冲击我的心灵

我见到，这里耸立的

一排排烈士墓碑

犹如站立着

一队队威仪凛然的队列

齐刷刷，昂起一排排头颅

出发地

江西，于都渡口

红军长征

一个豪壮的出发地

奔腾出二万五千里红色铁流

奔腾出中国革命胜利的历史长河

红星永远在此照耀

照亮今天的路途

今天啊，祖国的

每一条战线，每一个岗位
每一座城市，每一处乡村
都是伟大复兴新长征的
出发地

稻浪千重

十月，一片片成熟的稻田
像一排排身染征尘的战士
列阵走来
一株株金色的稻穗
犹如一朵朵战地黄花
装点着千里沃野
万里关山
我知道，那是无数个
流尽最后一滴血的战士
在血与火中耕耘
才播下了今天
"喜看稻菽千重浪"的丰收
当每一个旭日东升
每一片稻浪泛金
都叠印着
血色的初心

2019 年 10 月
原载于《无锡政协》2019 年第 5 期

河岸

来路，峥嵘在心底呼啸
——献给新中国成立 70 周年

一个新时代的强音
在时空高处震响
"不能忘记来时的路"
向新中国来路的方向聚焦
穿越岁月的厚重
峥嵘，在心底呼啸
二十八年的血与火
在历史的跌宕里
演化为人间正道

黑暗如磐，长夜难明
一九二一年七月一日
嘉兴南湖，那条承载中国命运的红船
从朦胧烟雨里驰出
船尾那支划开轻波的橹
拨动了中国革命历史前进的波涛
从《共产党宣言》里射出的光芒
划破旧中国黑夜笼罩
在世界东方
举起镰刀铁锤闪光的信仰

南湖红船的航迹

标定了中国革命的坐标

井冈红土地上的星火

燎原遍地火焰

那条红旗和梭镖经过的山道

卷起了

建立农村革命根据地

武装斗争的风暴

遵义会议凝聚的真理力量

选择了正确的领导

从此,在山重水复中

传出一个个捷报

红军二万五千里长征

一部最英勇壮烈的史诗

惊泣天地,气贯今朝

当中华母亲遭受异邦铁蹄蹂躏

当激愤的黄河发出民族危亡的咆哮

北上,北上,中国共产党领导的队伍

在抗日救亡的路上,团结

全国各民族同胞

共赴国难,抗击敌枭

延安窑洞不熄的灯光,照彻

伟人深邃的思考

光辉思想,照亮建设光明中国的前途

朝着解放的道路迅跑

在西柏坡简陋的小屋里

河岸

统帅挥动雄浑的手势

决胜三大战役

终于迎来换了人间,东方破晓

在迎接新中国的赶考路上

共和国的缔造者

又向全党提出了

如何走好这条路的沉重思考

哦,回眸峥嵘来路

从嘉兴南湖红船启航的这条路

从井冈山挑粮小道走过的这条路

从江西于都渡口红军长征出发的这条路

从血染湘江,夺命泸定杀出的这条路

从夹金山暴虐的风雪中

松潘大草地狰狞的泥潭里

跋涉而来的这条路

从围追堵截中克敌制胜

在血与火涅槃中淬炼成钢的这条路

一路走来的筚路蓝缕

一路走来的喋血求索

一路走来的万水千山

一路走来的波澜壮阔

承载着理想信念,初心使命

承载着艰苦卓绝,坚忍不拔

承载着百折不回,义无反顾

承载着披肝沥胆,前仆后继

回望来路，峥嵘在心底呼啸

此刻，我眼前映现红军征战路上，那

残阳如血，战地黄花的壮美意境

心中磅礴革命前辈，那

"为有牺牲多壮志，敢教日月换新天"的豪迈气概

我犹见到

在新中国的来路上

一杆杆红旗漫卷硝烟走来

一支支队伍迈着信念坚定的步伐走来

我犹见到

新中国的来路上

千百万带血的足印

千百万飞舞的忠魂……

共产党人用信念和血肉筑成的丰碑

耸立在山高水长路遥

今天的中国啊

大地欣荣，艳阳高照

九十八年前

镰刀铁锤举起的理想信仰

已化作

九百六十万平方公里上的

遍地春潮

从二十八年血与火中创立的新中国

已用巨人的双手

搬掉旧中国遗留的积贫积弱

挺起了富康强盛的伟岸身姿

在世界舞台的中央

河岸

站立起"大而强"的自豪
从来路展望今天,已连起了
改革开放之路
全面小康之路
伟大复兴之路
新时代的阳光,普照
每座城市,每处乡村
每户家庭,每个心扉
每间工厂,每所学校
道路自信,从来没有像今天这样坚定
梦想之光,正照耀
伟大复兴
回望来路,面向未来
伟大的中国道路
延展无限
风光更美

2019 年 7 月

原载于《无锡日报》(太湖文学版)2019 年 9 月 19 日

"七一"时光
——献给中国共产党建党102周年

一缕晨曦书写的日子

常牵动我殷殷回望

一九二一,神圣的"七一"时光

一束真理的光芒

刺破赤县难明的长夜

点亮了中华民族觉醒的黎明

共产主义理想,破天荒

照耀古老的东方

从上海石库门、从南湖红船

诞生的中国共产党

领导中国革命劈波斩浪,扬帆远航

党啊,一个铸造百年辉煌的党

一个深受中国人民拥护的党

你从腥风血雨中走来

一身筚路蓝缕的行装

二十八年的浴血奋斗

二十八年的艰难跋涉

峥嵘路上,写满苦难辉煌

镰刀铁锤铸成的信仰

血与火中的涅槃

河岸

把你淬炼成钢

黑暗与光明,压迫与反抗

"两个中国"命运的较量

伟大的中国共产党,是你

挺立起中国革命的中流砥柱

掀起人民解放的斗争巨浪

八年抗战,拯救中华民族于危亡

解放战争的钢铁洪流,摧枯拉朽

把蒋家王朝彻底埋葬

一个人民当家作主的新中国

屹立在世界东方

今天,"七一"时光辉映新时代的荣光

百年前的"七一"响起的惊雷

依然,在人民心中回荡

那颗赤诚的初心,穿越沧桑

内化为9600万党员的使命担当

继往开来续写百年辉煌

"七一"时光生发的党的光辉

已升华为伟大的建党精神

将不断引领波澜壮阔的新征程

新的启航

改革开放,打开春风浩荡

也打开了,世界舞台的中国时光

全面小康,一个东方神话般的故事

引来世界目光仰望

伟大复兴,历史车轮前进的轰鸣

震响在城市乡村

震响在军营边防

震响在太空云端

震响在大海波浪

伟大的"七一"时光

伴随新时代的中国进行时

每一步，都是如此雄壮

伟大的"七一"时光

交融新时代中国时光

每一刻，都是如此辉煌

"七一"时光辉映的新时代荣光

闪耀中国制度、中国道路

中国速度、中国担当

我们感恩"七一"时光

我们感悟"七一"时光

我们拥抱"七一"时光

伟大的"七一"时光

永远照耀中华远方

2023年6月

不朽的红魂

中共无锡第一支部旧址

我久久地伫立在这里
遥感岁月深处
黑云压城年代雷声的惊起
任胸中翻腾历史的风雨
无锡城中公园"多寿楼"旁的草地
这座在诉说深沉岁月的庄重雕像
定格了一九二五年一月的那一天那一幕
四个年轻共产党员的英姿
凝结了他们在这里落地的铮铮誓言
就是在这里
投身早期革命斗争的无锡儿女
在镰刀铁锤下集合
举起了中共无锡第一支部的红旗
把信仰根植在这片古老的土地
从此,共产主义的光芒穿透了
昏暗的天际
从此,无锡革命斗争的脚步
朝着人间正道

百折不回,披荆斩棘

留下一路奋斗的足迹

从此,锡邑大地

走出一个个中国革命的先驱

风雨兼程,前仆后继

在党的百年辉煌里

闪耀着你们永不褪色的红色印记

来到第一支部旧址

我又看到,时空里星火闪耀

历史的丰碑在这里耸立

筑起我心中的坚定

看复兴的洪流

奔腾初心

无锡农民革命军总司令部旧址

不知历史的风雨

已把这里洗礼了多少遍

岁月依然记得

一九二七年中国大革命风暴

席卷到这里

安镇东街"三善堂"

这座沧桑沉浮的百年小楼

还是那样深沉,那样巍然

此刻在这里,我又依稀看到

一九二七年十一月九日的场景

红色风暴在这里喷发

河岸

无锡农民革命军总司令部里

那几盏彻夜通明的马灯

闪耀着信仰

闪耀着坚定

这灯光点燃了锡东四乡八村的遍地火炬

点燃了成千上万农民革命军心中的烈火

推翻封建压迫,实行减租减息

向地主土豪发起猛烈冲击

一夜间,农民暴动的吼声

淹没了地主土豪们的哀鸣

动摇了千年封建地主阶级统治的根基……

眼前,这座曾经叱咤风云的小楼

依然那样深沉,那样巍然

从当年无锡县农民革命暴动的策源地

到今天爱国主义教育基地

我看见,这条路上

激荡着暴风骤雨

写满了苦难辉煌,艰苦卓绝

原载于《无锡日报》(太湖文学版)2021年6月25日

为祖国燃爆生命
——瞻仰"两弹一星"元勋姚桐斌故居

锡山东港,黄土塘西街
"两弹一星"元勋姚桐斌的故居
坐北朝南的两进小院
静谧中略显岁月的深沉
两层小楼默默伫立
守候着家乡的黎明黄昏
小院中白玉兰盛开的花瓣
似绽放着你高洁的心灵
桂花树依然葱茏
傲霜的蜡梅犹暗香阵阵
斯人虽已远去
你的音容笑貌
与故土一起长存

一九二二年九月,这幢老屋里
一个不凡的生命在此降生
从此,你人生之路在这里延伸
寝室里的那盏油灯

还记着你当年苦读的勤奋

挂满老墙的旧照片

飞扬着你昨天的青春

你带着对祖国的无限眷恋和

一腔赤诚

从海外学成

又踏上报效母亲的归程

展框里,一份份厚重的手稿

似还留有你心脏跳动的体温

一张张荣誉证书

弥漫着英雄的灵魂

此刻,我仿佛看到了你鲜活的身影

听到了你坚定的声音

心中的巨澜,随着

你叱咤过的风云奔腾

掸去岁月撒在你身上的战尘

看到的是你肩扛的民族重任

中国的"两弹一星"

让世界震惊

在世界震惊中的国人

也在心中

震撼着你的名字——姚桐斌

你为了中华民族的崛起

为了祖国母亲的安宁

把热血和生命

燃爆在蓝天白云

在浩瀚的碧空

写下你对祖国的忠诚

故居的陈列室内

无声，静默

无声中

我似听到了轰然震响

静默里

我感到热血沸腾

有一股浩荡的

精神之气

灵魂之光

在这里激荡

在这里闪耀

在这幢平常的小楼里

我似看到了

中国的两弹一星

冲天飞升

在你的故居

我又仿佛看到

你一步步从此走远

在高天中翱翔

直至悲壮地陨落

你又一步步从远处走来

带着你的辉煌功勋，不朽精神

回到故乡，安放你的英灵

啊，姚桐斌——伟大民族的功臣

中华时代的回音壁

会永远回响你的英名

铭记你的忠诚

2018 年 2 月

原载于《无锡日报》（太湖阅读版）2018 年 3 月 30 日

中国近代科学先行者从这里走出
——参观华衡芳故居

古镇荡口

清流港边

披着东南方映照的

鹅真荡湖光

一座深宅大院

厅堂、卧室、书房……

还是那样恢宏端庄

透出昔日望族的风光

公元1833的年轮

定格在一个特别的日子

一个伟大的智慧

在这里诞生

从此，这里注定成为

世人瞩目的地方

中国近代科学的先行者和传播者

晚清著名的数学家、翻译家、教学家

华衡芳

在这里出生、成长

从这里走向

中国近代科学的殿堂

走进华蘅芳故居
仿佛又浴到
华氏家族那个时代荣光
在这里，依稀听到了
他亲手造出的
第一艘"中国造"小火轮船启航的
第一声汽笛鸣响
看到了第一艘"中国造"兵舰
劈波斩浪
岁月的重光
映照出华氏兄弟
开创中国近代科技
划时代的辉煌
在此树立的中国近代科技
发展里程碑
华蘅芳的名字
辉煌永恒
百世流芳

走进华蘅芳故居
便是走进了那个时代的岁月
便是走进了
中国近代科技发展的缩影
故居的一屋一厅
一砖一木
一树一草

似又站立着华蘅芳的身影
似又看到他走过的勤奋求学
终成民族巨匠、科学巨擘的途径
这里看到的每件展品
每段历史篇章
都注满了中华民族崛起的力量

望着熠熠生辉的华蘅芳铜像
他似还在
注视着今天
注视着远方
历史老人
总是会对流逝的过去
不断回访
让走过昨天的记忆
再装进今天的路程
岁月漫漫
时时在望
中华复兴
前程辉煌

2019 年 10 月

河岸

我想聆听他的声音
——参观钱钟书故居

连着钟书路
新街巷 30 号
钱钟书的故居
站在"绳武堂"
便顷刻感到从岁月深处
似有一股文气扑面
"梅花书屋"还有寒香袭人
一个多世纪
这座故宅
给人们留下了
太多启迪人生的记忆

从这里走出的
一位文化大师
一生钟情
浩瀚书海
经典巨著
你的人生华章
光耀中华文坛
筑起学术、人品两座高峰

置身钱钟书故居
似在浩渺的书海中
与大师神交
凝视大师的
一件一物
一纸一墨
一书一稿
看到了
你汇融中西的诗心文心
看到了
你的深邃思想
和崇高精神
看到了
眼前矗立着的
一座文化昆仑

钟书路上，人流不断
钟书故居，人来人往
我看到了
到此寻访的人们
来这里探求中华文化的源远流长
和关于人性的理解
来这里领略大师关于《围城》里
人性世态的描摹
并在人生路上
感悟人生之旅

河岸

体会大师的博大胸怀
和崇高境界
此刻,我也想聆听他的声音
弥补没进过他的课堂

大师虽去
盛名不逝
精神永存
光照后人

2019 年 10 月

第一篇章　心泓思澜

大地之吻
——致友人

一个友人曾经给我讲述过他工作中亲身所为的一件往事。几年前，他刚到一个新的工作地方，当他一踏上那片辽阔无垠的土地，心中热流奔涌，便俯身匍地，对大地深情一吻。听后，我心头颤动，心生敬佩，由衷感慨。

啊，你是大地之子
你的旅程
始终眷依大地之身
你的心灵
始终牵系大地之魂

大地啊
你像伟大的母亲
哺育儿子的躯体和灵魂
儿子不会忘记你
殷殷养育之恩
是小草，总会感觉大地的温存
是大树，总会在大地深深扎根

啊，大地之子的

大地之吻
这一吻，是在表达赤诚
这一吻，是在激扬忠魂

人生，有多少次启程
大地便是你最坚强的后盾
人生，会遇几多风尘
大地总支撑你前进步履健稳

2016 年 9 月

第二篇章

乡梓恋曲

河岸

乡愁地

  我出生在无锡安镇南桥头村，这是一个有上百户人家的农村小集镇。二十岁时我便外出工作。昔日家乡的人人事事，一景一物，常在我心中盘桓，在眼前闪现。一种与生俱来的乡愁情感，常令我思绪万千，浮想联翩。

村屋上方那飘动的
一缕缕炊烟
圈成一个个思绪悠长的心结
挂在村村落落的窗前
年年岁岁吹过这里的风
赓续岁月的编年
村前河道湾湾的流波
淌过对昨天的思念
巍然古老的胶山
深情注视着这里的变迁
亘古不变的皓月星空
点亮了乡里人间
先辈们用他们扛起日月的肩膀
撑起了这里的一方天空
用他们赤诚的灵肉
守望这片繁衍生息的土地

第二篇章　乡梓恋曲

一代代祖辈的足迹

覆盖着前辈的足迹

年复一年，深耕厚重的四季

淘尽了岁月长河的酸辣苦甜

迄今啊，那祖祖辈辈膜拜先祖的传承

仍在乡愁里绵延

当带着思念踏上自己的母地

目光所及，思绪所系

家乡的一村一舍，一树一花

一池一塘，一路一桥

乃至鸡鸣狗吠，邻里絮语

其中散发出的乡味

亲切的乡音

弥漫的乡情

每每都让我热泪涟涟

这里承接的每一滴晨露

拂动的每一阵晚风

曾滋润了我童年的心田

鼓起我成长的翅翼

哦，可爱的家乡

你总是让我梦萦魂牵

今天，你已走进新的历史方位

迎来时代蝶变

在古老的大地上

书写出崭新的诗篇

河岸

我常常告诫自己

这里是我生命的故里

是我梦中的遥望

心灵的归依

多少次,当我踏上故乡的土地

迎面扑来的清风

举目白云蓝天

都会令我心潮迭起

多少次,当我走近父亲的稻田

撩开小河的涟漪

父亲的身影,便会

跃然眼帘

倒影里,又似见到昔日的少年

我常想在这里

让思绪跨越百年

再去领略故乡已远去的容貌

在世风抖落的尘埃里

重温我刻骨铭心的乡愁地

去追问,"我从哪里来"

这一人生的终极命题

2020年7月

凝望太湖(组诗)

凝望太湖

在太湖之滨的波光里
有一座古城
在古城千年之树的掩映里
有一座望湖门
凭栏望湖门
迎着太湖的波光亮色
穿越岁月的风雨
和时空的幕帘
我再把太湖凝望
啊,太湖
你环抱万顷浩渺
包孕吴越时空
你汇集天目山脉
和江南河川的涓涓清流
波涌潋滟
日夜不息
朝着东方
向大海奔去

河岸

在你水天一色里
蓝天是你的胸怀
大地是你的底气
你在这里挥洒大写意
留下了多少澎湃记忆
啊，太湖
你太美了
你太壮丽
你美在宇宙天地间
美在人们心底
今天，我再次把你凝望
激情涌动
心潮迭起
太湖啊，我深视仰视敬视你
向你致以深深的敬意
我要把对你的情意
融化到你的波光里

太湖之光

太湖，我在你身旁
又一次沐浴着你的容光
你浩渺的身影
你宽广的胸襟
令我肃然起敬
你孕育万千村镇
崛起现代新城

它们，都连通你的血脉

承载你的基因

你滋润大地万物

在这里茂盛

它们，都吮吸你的乳汁

感化你的心灵

太湖啊，在你的怀抱里

还有别样的意境

看吧，七十二峰的毓秀

十八湾的钟灵

百米高喷的倩影

蠡湖新城的美景

还有，你波光里簇拥的

东山、西山、三山、灵山

连起的一串明珠

把你打扮得分外缤纷如锦

一个"佳绝处"

使人留恋钟情

一首"太湖美"

世界为你倾心

在你的浪花间

渔舟帆影

踏浪而行

在你的波光里

鱼跃满仓

稻禾丰盈

太湖啊，你的身影

河岸

苍老又年轻
你的心音
还是那么遒劲
你与我息息相依
我和你时时相近
太湖啊,你把你的恩泽
写在江南大地
你用你的挚爱
洒给人间福音
今天,我又听见
你的怀抱里
轻波在低吟
我又看到——
你的波光里
满目水秀山明

太湖之梦

太湖,我在凝望你
凝望在你的梦里
在你过去的时光里
也曾有沉重的一页
你曾倾吐不堪玷污的叹息
你原清澈的眼睛
也曾淌出浑浊的泪滴
你的涟漪里
也曾流过丝丝忧伤

你的波光里
也曾泛起道道暗色
你的天空里
也曾飘过缕缕云翳
过去了
你命运之殇的瞬间
你经历彻骨的洗礼
又不断扮靓了自己
你新的梦想
又在放飞
看吧,湿地盈盈
芳草碧碧
白鹭翱翔
鱼翔浅底
清风习习
芦苇低语
细浪拍岸
阳光熠熠
城镇田陌
碧天绿地
而今,在你的梦里
我又见
源头清冽
波漾诗意

2016 年 5 月

原载于《太湖》杂志 2016 年第 6 期

河岸

东风若梦
——为纪念锡山区成立 20 周年而作

20 年前,当时光的指针
定格在 2001 年 1 月
那个历史性的日子
跋涉过 2200 多年的古老锡山
在改革开放的风口
领撤市建区的时代东风
应运而生的锡山区
从历史风云的深处走来
从华夏第一县的辉煌里走来
从此,一个建设新锡山的历史命题
交到了锡山区 43 万人民手中
从此,锡山人的脚步
在 455 平方公里的土地上
铿锵逐梦

沧桑如轮,东风若梦
锡山,这块神圣的土地
你承载千年文明
熏陶泰伯遗风
也许,那只如梦如醒的玉飞凤

也会惊诧今日巨变的锡东

锡山，这片晴朗的天空

星汉灿烂，歌吟长风

也许，南来北往的雁群

也在侧耳聆听

这里年年喜讯传送

云林安国的故乡

先贤们曾经留下的步履

已难觅遗踪

假若你们天上有知

你们的画笔

是否还会为今日锡山描摹

你们飘荡在天宫的灵魂

是否还能把今日的锡山读懂

历史的诉说

是如此雄辩

雄辩地诠释和佐证了

锡山区 20 年的辉煌

如今，你走过的 7300 多个日子

是如此多彩

如此厚重

九里河灵动低吟

在把今日美景赞颂

映月湖漾起的碧波

绽放春天的笑容

高铁站台

河岸

律动锡山的自豪

大道纵横

铺展富康的葱茏

宛山湖畔,波应四海涛声

胶山之巅,拥抱八方来风

锡山啊,你日日生发的嬗变

把你 20 岁的绚丽风华

展示给了世界

展示给了未来

展示给了所有追随你

关注你,热爱你

和为你而奋斗的一切人们

你源源迸发的豪情

激荡着锡山人民奋斗向前的心胸

风雨彩虹,东风若梦

锡山人用智慧和双手

用坚毅和担当

续写传奇,筑梦锡东

把"四千四万"精神铸进新锡山的征程

开发区,这一方开放发展的热土

一片片厂房在迅速崛起

耕耘过的岁月

但见硕果累累,玉树临风

年轻的锡东新城

商务区蔚然成长的大厦

正在把激越、壮美和峥嵘

筑在新时空的巅峰

祖辈守望的那片田野

炊烟萦绕的时空

不经意间,已是高楼幢幢

现代工农,商贸繁荣

经济大盘,强劲扩容

科教文卫,竞相发展

人民福祉,其乐融融

宜居小区的万家灯火

照亮了几代人的梦想

生态改善,环境优美

告别了"面朝黄土"日子的农民

行走的脚步,在这里

与静好岁月相逢

天一静谧的校园,夜读的灯光里

多少莘莘学子在此圆梦

馨和园欢乐的舞姿

翩跹岁月的青葱

激情奔跑的锡山

破天荒的马拉松

胶阳路流淌的目光

轻抚一路柳绿花红

斗山脚下轻盈的晨雾

幻化茶乡的风情万种……

20年啊!历史长河的一瞬

锡山,在这不凡的时光里

用奋斗不懈的脚步

河岸

穿越了不同凡响的时空

站在昨天和今天的历史交汇点
时光机铭刻了锡山建区的出发点
到今天强区的新起点
20年的轨迹，踏石留痕
20年的轨迹，写满磐重
20年的轨迹，凝结恢宏
20年的轨迹，深深镌刻着
锡山人的智慧和坚韧
深深镌刻着
锡山人的初心和担当
深深镌刻着
锡山人的励志和奋斗
深深镌刻着
锡山人的奉献和心胸
在锡山悠久的史册里
谱写了一篇荡气回肠的壮美史诗
崛起了你生命裂变的高峰
如今，从城市化变迁中
一路走来的锡山
你握住机遇的流光
挺身而起，迎着潮头踏浪冲锋
你抚平转型的阵痛
迎来华丽转身，向党和人民
交出了一份无愧时代的亮丽答卷
托起了你20年砥砺奋斗的历史厚重

今天，生于斯长于斯奋斗于斯的人们
与你的每一次相逢
总能感觉你蓬勃的生机在心中搏动
与你的每一次对视
总能感觉你青春的热流在眼前奔涌
锡山啊，在你的怀抱里
我们的每一次呼吸
总与你息息相通
我们的心灵，每每在梦中
总与你紧紧相拥
锡山儿女的情结织满了
你的春夏秋冬

朝霞飞红，东风若梦
20年的接续奋斗
时光画出的符号
已把蒸蒸日上，欣欣向荣
写在锡山的
每一条河流，每一座山岗
每一个村镇，每一块田垄
风从东方来
朝霞飞新梦
厚植梦想的土地
方兴未艾，活力无穷
你东风洗礼的灵魂
升华创新发展新的图腾

你行稳致远的目光
聚焦"强富美高"更美好的向往
锡山人胸中的宏图
一路鼓荡着雄风
锚定新方位，跨越新征程
开启更豪迈辉煌的逐梦

2021 年 1 月
原载于《新锡山》2021 年 1 月 5 日、
《无锡日报》（太湖文学版）2021 年 1 月 8 日

锡东，雄起
——锡东新城抒怀

胶山脚下，九里河畔
吴地文明的故里
一方禀赋厚重的土地
你沐浴时代风雨
奏响变革旋律
你用"锡东速度"
奋力改变着自己
你挥别贫瘠
让富裕
孕育在你怀里
你绘就宏图
让繁荣
覆盖旧貌的记忆

胶山，吼山
峰挽着峰
宛山荡，九里河
水连着水
青山绿水
吟唱着你的四季

河岸

朝露晚霞

描摹着你的容颜

这里的风雨，浸润过的

岁月边际

绽放风光艳丽

锡东大道的伟岸

高铁东站的风仪

托起了锡东新城的高地

科技园，商务区

蝶变锡东大地

崭新学校，现代医院

拔地而起

宜居环境，新型小区

兴旺人气

昨天农舍袅袅炊烟

而今，已是新城高楼闪闪虹霓

昔日田野稻麦翩跹

眼前，已成柏油马路车流潮汐

大成桥看见

宛山荡上飘来的烟雨

化作氤氲湿地

翠屏山听到

胶阳路上纷沓的步履

传送着"最美乡村公路"的赞誉

映月湖畔的倩影

轻挽和风熙熙

小区广场的舞姿

抒发百姓生活的诗意……
锡东，这片有着千年禀赋的土地
岁月，见证了你的崛起
哦，锡东之变
犹在梦里
就在眼前

哦，锡东
浪花在回旋
历史潮头把你托举
当你撞开机遇的大门
迈开冲刺的步伐
当你跨进金色的门槛
迎来无限生机
你已在新时代发展的阵列里
站上了
属于你自己的一席之地
当你挥鞭跃马
追赶时代风云
当你憧憬未来
畅想锦绣遍地
就注定你
以涅槃的姿态
展翅腾飞
哦，锡东——禀赋厚重的土地
你的天空
你的大地

河岸

滋润东方紫气
交辉星汉熠熠
你的风发意气
你的无限生机
你的人杰地灵
你的气象万千
都化作神来之笔
谱写恢宏诗篇
辉耀：锡东雄起

2017年9月

锡东放歌(组诗)

胶山之吟

这里,松涛龙吟
沉睡着传说中的西林
五百年前的安国
留下"富可敌国"的显赫声名
桂坡上的香韵
"安公洞"的故事
流传至今

而今,沧桑易境
胶山,崛起在新的发展地平线
看今日胶山
峰峦层林
苍翠滴青
现代农村
崭新市井
满目生机盎然
走马塘畔
遍地楼群
社区新型

河岸

一派祥和之音

我站在胶山之巅
展望山下
环十里翠屏
漾遍地绿茵
孩童嬉戏
休闲人群
胶山，如今你已用新的身韵
走进百姓
我站在胶山之巅
匍匐在你的脊梁
谛听你历史的回音
触摸你古老而年轻的心灵
胶山，你勃发的无限生命
正高奏一曲新时代的交响
壮哉，胶山
美哉，胶山

漫步宛山荡

白云，碧水
涟涟波光
一阵轻风拂过
摇动了宛山塔的倒影

晃出满眼霓裳

夕阳西下

漫步岸边

芦苇萧萧

白鹭点水

大成桥旁

湿地绿廊

一派诗意风光

有几只小船

弄波划浪

送来渔舟晚唱

还有宛山人家

高楼群起

处处新房

尽展欢颜小康

我漫步在宛山荡

扑面风来东方

待来日

芦花开放

更驱神往

啊，捧一捧宛山荡的水

尝一尝水乡温情浸胸膛

多美啊，宛山荡

河岸

致锡东大道

你像雨后彩虹

通衢南北

纵贯锡东

系百姓大众

筑坦途交通

你抒一腔豪情

把广袤田园揽入怀中

将锡东大地牵动

看旷野村镇

遍地展新容

携来百商云集

建现代农工

造福桑梓乐其中

走宽广大道

激情澎湃胸中

乘浩浩春风

兴旺锡东

京沪高铁无锡东站

走出岁月的朦胧

机缘在这里驻足

京沪高铁

穿越锡东的时空

你日夜迭卷

奔腾的潮

在这里奔涌

你南来北往

呼啸的风

鼓荡锡东

你隆起的高地

筑起了

锡东新城之梦

2016年7月

原载于《无锡日报》（太湖文学版）2016年8月10日

亲近锡山（组诗）

亲近锡山

锡山，我在心里

抚摸你的每一寸土地

亲近你

总是回肠荡气

你的每一块凹凸

都勃发生机

你的每一处风景

都挥洒诗意

锡山，吴泰伯的故里

这里的天空

星汉熠熠

这里的土地

清风徐徐

几千年风雨

把你砥砺成

太湖明珠的高地

锡山，你的高天厚土
植满奇迹
你的岁月长河
奔腾不息
公元 2001 年 1 月
你走进新的时代里①
以全新的姿态
在时代洪流里站立
创新、兴业、宜居、乐活
一路走来
又留下多少
奋斗辉煌的印记

锡山，我走进你
亲近你
我激动你的
每一次心跳
感奋你的
每一次起飞
我赞颂你的
每一次成功
欢呼你的
每一次崛起

---

① 指 2001 年 1 月锡山市撤市建区，成立锡山区。

河岸

锡山,我走进你
亲近你

风过兴塘

2018年10月,金秋之夜,漫步兴塘河大桥,昔日草滩泥塘,今成通衢大道。放眼兴塘河两岸,灯火辉煌,百感交集,心泓涌澜。

兴塘河的水
漾漾荡荡
风生时
耀十里霓裳
兴塘河的波
绵绵吟唱
云林故乡[①]
已见飞虹霞光
爬满蒿草的烂泥塘
已是高楼新房
兴塘大桥[②]
横越时空
展翼时代翅膀
跨"两路"[③]

[①] 云林故乡:锡山区东亭是元代大画家倪云林的故乡。

[②] 兴塘大桥:指贯通东亭、东北塘两镇,跨越北兴塘河上的大桥。兴塘桥于2004年上半年开工建设,2006年10月竣工通车。

[③] "两路":指沪宁高速公路、312国道。

越"两河"①

开启"两东"②新航

大道康庄

清风，轻轻拂过身旁

时光，在这里回望

哦，风过兴塘

看流光溢彩

岁月辉煌

走进馨和园

在清晨的曙光里

在黄昏的晚霞里

馨和园③，我走进你

你是如此温馨壮丽

走进你，我心中的意象

在这里落地

这里，踏歌而起

漫舞欢欣的旋律

这里，万家灯火

交晖向往的希冀

---

① "两河"：指南兴塘河、北兴塘河。

② "两东"：指东亭、东北塘。

③ 锡山区东亭"馨和园"系市民休闲公园，于2003年上半年规划并开工建设，占地面积175亩，建有大型群众活动广场、喷泉池及水幕电影、休闲园林、娱乐购物中心等设施。于2004年年底建成启用。

河岸

银杏树张开迎客的双臂①

玉飞凤露出深情的笑意②

明月,在绿叶间栖息

清风,洋溢在草地

一泓碧水

喷出映天光曦③

熙熙攘攘的广场

心跳,起伏着人群的潮汐

我想过去,倾听他们

在诉说那些惊喜

却扑面

滔滔的人气

对我心灵的一次次冲击

啊,馨和园

你在我心中

总是波澜迭起……

映月湖遐想

这里荡漾的

一泓清波

把奔腾的岁月

装进了你的怀抱

有多少惊奇的目光

---

① 馨和园中央大道两边植有两排高大挺拔的银杏树。
② 馨和园广场上安放的一尊鸿山吴越贵族墓遗址出土的玉飞凤汉白玉雕塑。
③ 馨和园里建有喷泉池,可映水幕电影。

向你张望

新的视角

在打量这里的兴旺

你数点飘过的朵朵白云

和似梦月光

掬一片诗意

在你胸中激荡

映月湖啊，锡东新城的骄子

你披沐新时代的荣光

用一身靓丽

辉映远方

2018 年 10 月

原载于《锡山文体》2018 年秋季版

河岸

人文锡山(诗二首)

荡口古镇遐想

你披着鹅湖迷离的烟雨
从古老的远方走来
把一泓浩渺
铺展在东南一方
从湖面漾起的晨风
不知已托起了
多少个
照耀古镇的日升
北沧河低吟的岁月长歌
可在此做证
你千年之履的脚步
从未停顿
义庄内的碑刻
还在溢出
善泽延祥的乡恩
华衡芳故居内的塑像
似还在和你诉说
昔日科学先驱的梦想成真
王莘指头拨动的旋律

在家乡的胸中奔腾

哦，走进荡口古镇

聆听岁月的流韵

凝望你的千年传承

一草一木

飘逸你悠远的灵魂

一砖一瓦

托出岁月深沉

一巷一弄

似还走来

旧时青衣布衫的童真

哦，古镇荡口，荡口古镇

这里的岁月老人

是否还站在岸边

翘首游子的归程

回归故里，洗去一路风尘

感受今日里

科技创新的源头

还在湍湍涌喷

造福乡梓的世风

扑面阵阵

踏访严家桥

严羊河悠悠流水

追着悠悠岁月

轻漾着微波

河岸

流过梓良桥

在一个石条码头边打旋

百年以前

有一个唐姓的商人

从这里上岸

走进了

一个叫严家桥[①]的江南村庄

于是，粮店、布庄、典当

在这里开张

商贾在这里云集

街面翻飞的商号

与码头一起拥挤

于是，市井充盈了人气

锡剧，也在这里找到了她的出生地……

哦，虽经百年风雨

唐家商号的旧址

似还在诉说当年的业绩

程氏老宅旁的紫薇

依旧开花有期

如今的严家桥

已带着她岁月深处的记忆

走进了新的历史方位里

2019 年 5 月

原载于《悦动锡山》2019 年夏季刊

[①] 羊尖镇严家桥村系无锡首个江苏省历史文化名村、全国第二批传统古村落之一和锡剧的发祥地，香港特别行政区前政务司长唐英年祖籍地。

西林的风

江苏省政府批准锡山区设立翠屏山旅游度假区,并将在胶山西林历史文化遗存地规划实施保护性开发,拟新建西林文化公园。闻之,感触良多,心澜思涌。

胶山峰似还在回眸
那天边已遥远的时空
翠屏山坡摇动的翠竹
似还在缱绻
那夜吹走岁月的晚风
松涛低吟,絮絮道来
五百年前安国[①]的故事
山庄河[②]的波光
跃然月光如昨的漾动

我想在这里,再聆听

---

① 安国字民泰、号桂坡。于明正德初年,出生安镇,系锡东望族,当地大富豪。曾被明嘉靖皇帝"诰赠"奉直大夫,南京户部员外郎虚衔。

② 山庄河,指安国为抗旱救灾,兴修水利发起的,用"以工代赈"的办法,组织乡民开挖的"山庄河"。

河岸

岁月深处从"西林园"[1]吹过的风声
和古人关于
安国发明"铜活字印刷术"[2]的对话
我还想,在山庄河灵动的波光里
投去一瞥,再感触
那旧时空中的风月朦胧
哦,我在这里寻觅
寻觅当年豪富倾城
在此赋诗挥毫的安公[3]
寻觅昔日名冠江南的"西林园"遗踪
寻觅那些已散落在时光里的
铜活字印刷出的诗篇
和在风中飘零的五百年旧梦

从五百年前吹来的风
风化了旧时的"桂坡"[4]
"安公洞"走过的足音
已隐去在岁月的走廊

---

[1] 西林是明代中叶江南著名的大型私家山水别墅园林。位于锡山区安镇胶山南麓。为当年锡东大富豪安国所建。史传西林有"三十二景",后因战乱等原因败废。现尚存"安公洞"、窦乳泉、石鼓等遗迹。

[2] 铜活字印刷术系安国首创。其在中国的印刷和出版史上占有极重要的地位。

[3] 安公即安国,世间亦称安国为"安公"。现胶山有"安公洞"遗址,据传为安国读书的地方。

[4] 桂坡,史传安国在胶山坡上遍植桂花树,号为"桂坡",在此建的别墅,取名"桂坡馆"。

"窦乳泉①"煮沸的茗香

亦飘散在古人的作揖声中

"西林园"托出的"三十二景"盛宴

在时光的彼岸,席散曲终

但,在这里

我仍依稀听到,岁月深处

吟诵西林诗篇的抑扬顿挫

看到当年安国代赈募民

开挖山庄河

在这里抖开的情怀

捧出清流淙淙

滋润了连年干旱的岁月

让禾苗露出笑容

山庄河边,那台踏碎月光的水车

转动的时光年轮

与"西林"逸事

一起流涌

沧桑流云,翻弄历史长卷

胶山,还是那样清丽凝重

松风涧水,浸润的无数朝夕

依然晚霞飞红

那摇曳在春光里的山花,可知

是你们根植的五百年风云

在这里,年年吐出花蕊丛丛

---

① 窦乳泉,"西林园"三十二景之一,现有遗址。

河岸

胶山西林，这片沧桑的土地哟
我在风中，读到了你的辉煌篇章
但我难以揣摩你的至暗时刻
虽然，山风的啸声里
已听不到你曾经的呜咽
但我知道，在时光尘封的记忆里
有你难以抹去的岁月伤痛
那些深埋地下的残砖碎瓦，是否还
附着那殒落的灵魂，抑或
是"西林园"破碎的幽梦
哦，清风晨曦还在送上对你的慰藉
星光月色还在轻抚你的面容
胶山西林，这片深沉的土地哟
你厚植岁月深处的根脉
生生息息，吐纳绵亘的诗韵
与今日胶阳锦绣相拥
胶山西林，这片妩媚的土地哟
你的天空彩云流盼
你的大地松竹葱茏
那撩动炊烟的清风，留恋村舍
洒下乡情浓浓

再行寻觅处，放眼碧苍穹
远去了，西林彼时的荣华
五百年风雨兼程
已栖憩历史风云的藏卷
山庄河的流水，还在长流

长流着时光的祝福
胶山峰安详的脸庞
笑慰高铁隆隆
此处舒卷的长风
已托起新的梦想
把赤橙黄绿青蓝紫
舞在当空

2022 年 5 月

河岸

天一的天空
——赞美天一人"宁静的坚守"
并贺江苏省天一中学建校 70 周年

天一的校园
显得宁静而
有点神圣
映天湖
映着凌云的辽阔
致远桥
放飞翱翔的梦想
天一的天空
静谧,高远
这里,我看到了一天繁星
一地星光
也看到了天一人
"宁静的坚守"精神

宁静的坚守
天一人崇尚的治学品格
掷地有声
光彩熠熠
宁静,无声的付出

坚守，默默的追求
宁静，精神的内化
坚守，卓越的砥砺
天一人啊
你们在教书育人的战场
进行着一场无声的冲锋
在你们的宁静中
始终澎湃着教育创新的
豪迈激情
和不倦的进取精神
始终保持着追求卓越的
执着意志
和冲锋的姿态
在宁静中的坚守
你们坚守着的，是
岗位的信念
职业的神圣
精神的高地

啊，天一人
你们在宁静的坚守中
绽放精彩
谱写辉煌
当看到桃李芬芳
春晖满园
你们会一同在
花丛中起舞

在春光中飞翔

当一批批学子

翱翔在祖国天空

铸造成国家栋梁

当一个个赞誉涌来

一阵阵掌声响起

你们会为宁静的坚守

为不倦付出

而得到的收获

而心潮激荡

喜盈热泪

啊,宁静的坚守

天一崇高的师道

我给你赞美

我看到

宁静而坚守的

天一天空

新星频现

星光满天

2016 年 10 月

原载于《新锡山》2017 年 1 月 26 日

走进鸿山(组诗)

感觉鸿山

你虽没有奇峰兀立的雄奇
却托起了江南文明的高地
你虽没有巍峨迤逦的飘逸
却成了吴泰伯的故里
鸿山,你的名字
已载入吴文化的史诗里
走近鸿山
似又感觉千年烟雨
铁山寺的钟声
曾敲落了多少辰星
迎来满天晨曦
鸿隐堂的琴韵
还萦绕翠竹
送来晚风习习
梁鸿孟广的故事
仍鲜活在人们心里
十八美景的遗迹
诉说昔日鸿山的胜景

走近鸿山

我又感觉到

你已把千年岁月的风雨

变幻成今天的壮丽

泰伯陵

一座泰伯陵

吴地开化的地标

筑起千古文明

至德先圣的英灵

德泽江南百姓

青松在倾听至德的声音

轻风在追溯泰伯的足印

仰视泰伯陵

吴地文明的先祖

遗风至今

鸿山遗址之玉飞凤

一只从吴越时空

飞来的玉凤

穿越千年岁月的浮云

披着春秋的烟雨

和吴越的季风

亭亭玉立在鸿山之巅

它的眼神

似醒似梦

像在追忆昔日的恢宏

又像在凝思与今天的重逢

看，栩栩如生的羽毛

和身姿的剔透玲珑

又好像要展翅新的时空

啊，玉飞凤

吴越的梦

伯渎河

西连着太湖

东连着大海

奔流千古的伯渎河

流过了多少风雨岁月

流过了多少沉浮故事

你逐浪泛起涟涟世情

你清波扬起悠悠吴歌

你灌溉江南稻作文明

你水利一方恩泽百姓

伯渎河，吴文化的历史长河

你滔来西天的晚风

呼吸东方的朝露

你牵来西天的晨星

流进东方的黎明

伯渎河，悠悠的长流

长流在吴地人的心

吴风长歌

一曲吴歌

乘着吴风

悠扬了千年时空

吴侬软语

歌声悠长

叙述百姓的喜乐苦衷

在田垄

在船中

是老农

是渔翁

吴歌曲曲唱心声

声声吴歌情怀浓

风载吴歌来

吴歌随风送

今日吴歌有遗篇

一曲吴歌传吴风

2016 年 11 月

原载于《江南风》杂志 2017 年第 1 期

在岁月深处采风(组诗)
——无锡怀古

听南禅寺钟声

是谁,撞响的第一记钟声
穿越一千多年的晨光
绵延至今
仍在耳中回响
在钟声中泛白的东方
可否记住了
那唤醒芸芸众生的
南禅寺钟声
悠扬着的
人生苦行
洪亮中,又见到
彼岸的太阳

寄畅园遐想

皇家气派
落在惠山脚下

那为存放快乐，而
建筑的亭台园林
长流着二泉
收藏着映月
岁月回头
却又难觅当年的寄畅

东林书院访踪

循着风声雨声
走进昔日读书的地方
在这里，聆听岁月深处
闲话家事
纵论天下
胸中流出的惆怅
挂在了窗棂
弥漫在天井

薛福成故居留影

按下的快门
摄走了一段历史
深幽院厅
花园曲径
展框中发黄的图片
深嵌着遥远
一并
在底片中留影

繁衍的灵光
——写给惠山古镇祠堂群申遗

这里种植的姓族森林

盘根错节

生长在时空的高天厚土

先人们在这里聚合

诉说着源远流长

生生不息

灯笼燃着香火

从星际飘来

岁月编写的遗篇

闪烁繁衍的灵光

2018 年 9 月

原载于《太湖》杂志 2019 年第 1 期

河岸

无锡古运河诗章（组诗）

江南运河畅想曲

一千八百公里跌宕

三千年风云

千转百回，奔流江南

把唐宋诗意，燕赵风情

注入江南万千条水泾

你日夜走出的一路氤氲

滋润了时光植被

漾动江南大地

稻麦泛金

沿途长出的无锡米码头、丝码头

口口相传的故事

绵延至今

你轻抚江南月色

在吴地风韵里款款徐行

我常在这里聆听

聆听你岁月深处流淌的足音

聆听关于古运河世世代代的絮语

那无数遍浪涛洗礼出的
属于江南的语境
哦,长河奔流起歌声
大运河,一部旷世传奇
你在江南,奔流
岁月动听的律音
从你绵亘而雄浑的胸腔里
唱出了千里雷声,千年风云
唱出了一路柔情,一路诗韵

在你的长歌里,灵动
渔舟唱晚的倩影
淌过青山妩媚,吴歌锡韵
沿途蓬勃的城镇乡村
繁茂的田野山林
都在你歌声里
水起风生
虽然,你的上空
也会飘过遮蔽的黑云
但你仍奔流亮色,一路歌行
摇荡云水,化作江南甘霖
你用你的回肠荡气
奏响江南富饶美丽的畅想曲
在锡邑大地
洒下一路福音

河岸

黄埠墩

在这里，能读到岁月
读到风雨
读到当年春申君治理芙蓉湖的足迹
读到文天祥挥毫的凛然气息
一个黄埠墩
筑进千里运河滔滔不息
独立中流，阅尽沧桑变迁
伴斗转星移，大河浮沉

江尖渚

水流，如岁月长袖
舞动千年风雨
一渚兀立，听日夜吟唱的运河
时空里破碎的星光已经隐去
这里叫卖陶缸瓷器的喧闹
也被飘过的尘埃带走
昔日文人墨客闻讯而来
在波浪间落笔
写下的诗文
散落在江尖风口
渚边倒映的一弯新月
勾起的日子
已化去当年的忧愁

北塘米码头

仰仗大运河的流韵
北塘米码头声名鹊起
此处涌出的浪花
裹挟稻花香味

你牵来了
阡陌广野
聚拢耕耘的目光
和商贾云集
把粒粒皆辛苦的汗滴
交给长河千里

西水关

西水关桥下的水流
还是那样悠悠地流淌
桥头边,那根红砖砌成的旧烟囱
凸显岁月沧桑
还站立着当年的模样
一幢幢已成为工业遗址的旧厂房
似还在缱绻昔日百年工商的荣光
中国近代民族工业的发祥地
那破天荒
响起的第一声机器轰鸣
搅动了古运河悠扬的波光

河岸

此处涌起的浪花
见证了那个时代
无锡棉纺、丝织、面粉大王，在这里
风生水起，涌波逐浪
古运河来来往往的商船
升起的篷帆
也把无锡工商名号带向四方

西水关桥下的清波
还在缓缓流淌
流淌着对昨天的回味
对明天的神往

清名桥

你注定青史垂名
用雄浑、古朴、苍劲
纵贯古今
你跨越了千年心的彼岸
岁月行走过的石条，肩起
几度风雨，几重光阴

长在石桥缝隙里的老树根
盘亘生命的长度
与长河一起
聆听风雨走过的声音
在晨光暮霭里，诉说

这里走过的
无数曾经

伯渎港

一条浮动在岁月之上的清流
荡漾三千年的梦
吴泰伯率众开掘河道的夯声
已化为沧桑烟雨朦胧
你拓出的江南水系
温润一方，稻桑葱茏

今日岸边轻溅的浪花
悠扬岁月的缱绻
吴地先民赤脚踩过的泥土
不知已融化了几多雪压霜重
长河飞霞
观照诗章流动

伯渎港，恩泽绵绵
化雨东风
你滋养的岁月之树
庇荫世代万众
已远去的橹声帆影
正唤来新潮迭涌

河岸

大窑路古窑址群

岁月尘埃
走过，又尘封了几多
大窑路上的辙印
路边残存的破窑
砖石缝里长出的老树藤
摇曳六百年风云
当年熊熊燃烧的窑火
仿佛岁月灼烤的声音
那烧制出的一船船砖瓦
从昔日窑工佝偻的脊骨里走出
古运河的码头边
似还遗存
苦力们的呻吟
这里散落的古窑址群
已经被时光掏空了躯体
它曾筑起的高墙大宅
是否还犹存风韵

无锡水弄堂

一条水弄堂
搂紧了
大运河的千里奔放
吐纳，岁月深处的波波浪浪
徜徉间，秀两岸风光十里霓裳

玲珑的胸腔
遮不住你的气度壮阔
这里装下的无锡风采
和四季风光
把一个江南盛地
收藏

一处绝版地
厚植人情、商情、世情
这里展开的古风长卷
落笔处，流淌温情和水
岸边老街走过的风声雨声
把寒来暑往化进春绿秋黄
那晃动的一河岁月
掬一捧，便是氤氲沧桑
千年回响的细浪，托起的梦想
唯有今日辉煌

2019 年 8 月

原载于《太湖》杂志 2020 年第 1 期

河岸

水弄堂的回响
——写在中国大运河绝版地无锡水弄堂

悠悠大运河
穿过
2500 年岁月
1800 公里风雨
曲曲弯弯
波波浪浪
带着多少旷世传奇
流过这里
中国大运河的绝版地
无锡水弄堂

水弄堂,千年流淌
你牵动妙光塔
注视你的千年目光
你晃动清名桥
倒影里的十里霓裳
大窑路旁的旧窑址
还在诉说当年
窑火正旺
伯渎港的细浪

仍回响你岁月深处的
千里奔放

水弄堂，千年流淌
有几多
三月的风
送来的温情
染绿了水边的柳叶
有几多
四季的雨
溅起的浪花
滋润了岸上的炊烟
水，到这里流得更澈
波，到这里漾得更细
大运河的水啊
在这里
温润一方

水弄堂，千年流淌
流淌成千年画廊
这里
翘檐，挑一河明月
拱桥，连两岸街市
粉墙黛瓦
鳞次栉比
弦歌灯影
轻舟画舫

河岸

临水人家

橹声入窗

两岸风情

隔河相望

这里

酒肆茶楼

商铺店堂

丝厂作坊

窑业兴旺

舟楫如梭

载商贾之旅

丝绸大米

驰名远方……

好一处水乡画廊

凝一派江南风光

水弄堂，千年流淌

流淌过

唐宋的繁荣

明清的遗风

漂浮过

王公贵族的奢华

黎民百姓的苦痛

这里，昔日画舫弄桨的

笙歌韵澜

劳苦船工的

悲怆号子

早已付诸东流
知向何方
那些岁月夜色中的
寒香灯影
那些时光年轮里的
艳丽波光
也成春秋梦幻
浪迹茫茫

水弄堂,千年流淌
你转动的日月年轮
卷走了多少
暮霭晨光
喜乐哀伤
你烘托的江南表情
无锡风采
和民情,商情,世情
已都在这里收藏

无锡水弄堂啊
流不完千年梦想
淘不尽万种风情
几度繁花春枝
波漾芬芳
几度大地秋黄
月照东窗

河岸

无锡水弄堂啊
你携一河星光
凝眸回望
流波氤氲
已是千年沧桑
涛声依旧在
长河涌新浪
倾听两岸回响
入怀东风浩荡
拥抱新时代梦想
今朝满眼霞光

长风
在讲述
望不断的逐浪
奔涌起新的故事
白云
在注视
流不尽的长河
不尽流淌……

2018 年 7 月
原载于《无锡日报》(太湖文学版) 2018 年 10 月 26 日

在故乡的岁月里穿行

一

我总是在心里
带着虔诚的仪式感
瞭望故乡的广袤
体味她的绵远
这里的早晨
常有清风徐徐
这里的夜晚
总有星光熠熠
这里，青山葱茏
这里，湖泊荡漾
这里，村落星罗
这里，阡陌纵横
这里的土地最肥沃
这里的气候最宜人
这里的山水最秀美
这里的人们最可亲
故乡啊，我常在梦里
穿行在你的岁月
思不断，念不尽

河岸

二

洪荒中的那丛薪火

烧去了荆蛮

燃亮了文明

已遥远的祖先们，在这里

筑起了繁衍的栖舍

升起了农耕的炊烟

这里的星空

牵走了乡人对苍穹

多少虔诚的仰望

这里的晨雾

弥漫过吴地几番

变迁的沧桑

东流的长江

滋润你的肌体

浩渺的太湖

升腾你的灵气

虽然，弥漫大地的风雨

也曾浸染你的灵魂

但故乡岁月的长河

涛声绵延

草木枯荣，岁岁轮回

一方人寰，生生不息

故乡的先祖们

用坚强的肩膀

挑起日月

用造物的双手

躬耕田陌

故乡的先贤啊

用智慧和勤劳

收获鱼跃稻香

把岁月的霏霏云雨

化作江南的

锦绣遍地

三

这方土地呀

凄风苦雨，曾凌辱过你的肌体

漫漫岁月，曾晃动过你的泪光

内患外侮，践踏过

这里的黄昏黎明

你厚厚的黄土

埋下你生活的苦痛

你沉沉的喘息

倾吐你对安康的祈求

你年轮转动的岁月辙印里

布满对命运的叩问和期望

终于，惊雷响，换人间

新中国的艳阳

照亮了故乡岁月的天空

春光杨柳

河岸

舞动当家作主的豪情
故乡的田野
升起甜蜜的希望
社会主义，改革开放，新的时代
道路越走越宽广

四

我穿行在故乡厚重的岁月
想撷取她的一缕片段
寻觅我生长于斯的基因
我看到了岁月的
微微清风
正吹出故土芳菲
在这芳菲里
我触摸到了自己生命的影子
哦，这是我曾经
在故乡岁月的雨巷里
行走过的影子
是在故土里萌芽成长的影子
是已深深融化在故乡岁月里的影子
让我拥抱你吧，我故乡的岁月
我的思绪
一直在你的岁月里穿行

2018 年 7 月

烛光里的思念

除夕夜

那两柱点亮了

思念的烛光

照亮已逝去的灵魂

追思已遥远的祖先

倘若宇宙真的平行

我真想跨过阴阳之隔

去寻觅一下先辈们的步履

去探望一下他们的生存空间

我要告诉他们

时代已经变迁

这里新的天地

已变得富裕和谐

你们不要再操心后代们的

衣食住行和柴米油盐

只祈你们好好安息

在两个世界中

各享安逸

哦，那默默跳动的烛光

飘升的悠悠青烟

似又在告勉今者

人类之链

不能断裂

延续的思念

让烛光不灭

2017 年除夕

我闻着你的清香

我闻着你的清香
心湖微漾
那采下的
又圆又大的香橼
透着油光金亮
好像捧起秋日的斜阳

我闻着你的清香
想起了我儿时的模样
老家场前的香橼树
我陪它一起成长
待我长大的时候
枝叶已筑成绿墙

我闻着你的清香
又想起了我的亲娘
她勤俭善良
终年操持着
那香橼树下的
四季炎凉

河岸

我闻着你的清香

又在品味人生的梦想

是那方温暖土地

我根系的故乡

竖起了夏的绿荫

成熟了秋的稻粱

我闻着你的清香

缕缕清香阵阵思量

采下一个个香橼

拾起一个个梦想

香飘出的是希望

橼包裹的是吉祥

2018 年 11 月

老家的桂花树

每到桂花树开花的时节

老家的桂花

香遍了前村后宅

桂花树

已有三十多年的树龄

我伴它成长

它送我芳馨

桂花树，亭亭如盖

一片葱荫

长满了小院

伸出了围墙

年年秋光中

花开金黄

香飘众邻

叫人无限沉浸

老家的桂花树啊

常开花在我的梦境

2018 年 10 月

河岸

难忘家乡的炊烟

在我的记忆里
老家村里家家户户
升起的炊烟
是我心中永远抹不去的乡愁

每天,村里飘起的炊烟
就是村里人家冒热气的时候
飘升的是一家人温馨的气息
飘升的是乡亲们过日子的图景
飘升的亦是乡村人家向往的
年年风调雨顺安居乐业的
梦里云彩

家乡的炊烟啊
你飘出的身影
也曾有过萎靡
终于度过了那段"瓜菜代"的日子
每日的炊烟里
又绽放出了乡亲们的欢颜

岁月变迁

不知已飘拂过多少年的家乡炊烟
已消逝在时代的背后
你筑起的千年之梦
已在城市化的潮流里
升华为新的图腾
但你原来亲切的样子
总像一条系满情结的绳子
牵住我的思绪
拴在我的心底
哦，难以忘怀的
家乡炊烟

2018 年 10 月

河岸

清香的麦叶汁

麦叶汁的清香
清香着我的记忆
那满满清香的字眼里
包蕴丝丝春雨
飘溢麦田里的氤氲

麦叶汁的清香
在母亲手里流出
青汁揉成的团子
团圆一家的甜蜜

麦叶汁的清香
裹着田园的气息
浸润了乡愁
悠远在游子的梦里

2018 年 3 月

故园梦

故园，我心灵的故地

在心里，在梦里

我虔诚的思绪

总是缠绕着你

那片饱含雨水、汗水、泪水的土地

在心中

总是与你相恋相依

你青山依依

落日在你的怀里

你田野无际

荡起稻麦连天

小河常泛起你的梦呓

清风常掠起你的裙衣

春绿秋黄，夏果冬雪

年年在这里重现

岁月的老树

年年在这里繁茂新叶

河岸

在那里，我爬过童年的四季

踩过田间黄泥

老土布的衬衣

裹紧我成长的身躯

家门前老树上的鸟窝

年年都有小鸟飞离

村边河道里的橹声

搅翻了一路浪迹

土墙旁的月季

每年开花有期

迎风的瓦草

常年在老房顶上摇曳

望不断

屋檐下的雨帘

每每淋湿了父亲那件蓑衣

我家的那块菜地

总是长满生机

外婆的那只老石臼

不知捣碎了多少稻米

那飘绕晨暮的炊烟

相伴着一年三百六十五天……

故园啊,我心灵的故地

月圆月缺

星光繁稀

日升日落

黄昏晨曦

梦不尽的乡愁

忘不了的记忆

你常在我梦里

你常在我心里

2018年6月

河岸

拥抱乡村

我多想拥抱你

我的乡村

你有灿烂的早晨

斑斓的黄昏

田间麦垄

香风阵阵

三月风里

春意深深

夏夜繁星

月色迷人

十月金阳

秋光美轮

冬雪银装

满目晶纯

我多想拥抱你

我的乡村

你有我魂牵梦萦的乡魂

草木年年那么茂盛

白云悠悠飘升

村前的老槐

年年新枝鲜嫩

喜鹊迎客

春燕叩门

炊烟里

乡情真真

我多想拥抱你

我的乡村

你有我儿时的童真

在堤岸上乱奔

在草窝里打滚

那碧绿的田野

点燃了我的青春

那潺潺流水

抒发着我的心声

哦，我多想拥抱你

我可爱的乡村

2018 年 6 月

河岸

古村行

你古老的年轮
不知刻进了多少日月星辰
你在梦中转一个身
便又是一个冬春

村口的宇宙风
吹裂了你的嘴唇
老宅的墙头
布满了斑驳的裂纹

那口青苔披身的老井
流出的岁月深深
那方绿藻摇动的水塘
亦不知落进了几多世间风尘
只有那几棵
身躯盘亘的古柏
似乎才能让你认识
它在村中的辈分

啊，我想再迎面
那穿村过巷的古风

再追寻
那留在门前檐下的履痕
哦,我触摸到了
古村岁月深处的伤痛
我也谛听到了
古村今天梦中的笑声

2018 年 5 月

河岸

顺着河流的方向

我生长在小河旁
河水在我心中
日夜流淌
沿着河边
我常常追逐泛起的细浪

小河哟
你流淌的时光
有我儿时的模样
有我青春的梦想
当我站在你的身旁
总朝你流去的方向张望
目送你，流过田野
流过山岗
流向令人神往的地方

哦，顺着河流的方向
我明白了
生命的源头和力量
常唤起我
心灵的歌唱

哦，顺着河流的方向
我看到了
喷薄的朝阳
看到了
广阔的海洋
那里有我追寻的梦想
我的脚步，一直
顺着河流的方向

        2017 年 8 月 25 日

河岸

草垛旁的童心

月亮在白莲花般的
云朵里穿行……
那舒缓优美的旋律
如今，还温暖我的梦萦
唤回我的童心
那份甜蜜
那份纯真
那份温馨
一直循环在我的生命

当月牙初上时分
儿时谷场的草垛旁
奔走着天真的身影
捉迷藏
抓小鸡
嬉戏声里
飞出孩提时的童真
土生土长的游戏
恨不能玩到清晨
高远的天空
也眨着看馋眼的星星

只有母亲的呼唤
才让我带着喘吁
溜回家门

时光已成过眼烟云
岁月摇动的风铃
已催白了我的双鬓
但心中
还时常会泛起
不泯的童心

2017年9月20日

河岸

致泥土

你是如此伟大
伟大得难找赞美你的
词汇
你是如此深厚
深厚得无法抵达你的
心扉
不要以为
你有尘埃的卑微
那是你飞扬的
魂魅
不要以为
你会淌出泥流
那是你奔泻的
妩媚
我踏着你的脊背
你总是微笑相对
我耕耘你的深邃
你总是敞开胸怀
泥土啊
你是世间一切生命的母体
你是天地存在理由的真谛

你的形象

崇高魁伟

你的字眼

让我敬畏

我会为你

长出的每一朵蓓蕾

而心花怒放

我会为你

收获的每一株稻穗

而兴奋挥泪

泥土啊

我知道你

不须恭维

但确因有了你

才有了我们人类

看浩瀚宇宙

日月星辉

沧桑更迭

岁月累累

只有你的存在

不朽永垂

2017 年 9 月 25 日

河岸

生养我的土地总是在心上

当我来到这个世上

是这里的土地把我收养

我在这里土生土长

每一块泥土

每一棵草木

已长进我的骨髓

每一条河流

每一滴晨露

已注入我的血浆

如今,这里田埂上的小草

依然生长在当年的根茎

这里河岸上的老树

新枝又撑起了绿荫

那走过多少回的小木桥

那老河口行过的帆影

那天空白云下的雁行

那夏夜星光里的流萤

都在我心田里

种下烙印

岁月的激荡

欢乐中也包裹着忧伤

悠悠思绪

一梦有多长

生养我的土地啊

总是在心上

2017 年 9 月 25 日

又闻桂花飘香时

你从闺房中
飘然而出
升起袅袅甜香
旋即，弥漫天空
弥漫大地
弥漫人丛
把我的五官感动

今时，无论在大街
在小弄
在公园
在庭中
都能遇见你
绿叶簇金的倩影
都能感觉你
沁我心底的
馨香喷涌
那丝丝甜蜜
和着金风
不由得你
不沉醉其中

朦胧里

我仿佛看见

那阵阵香韵

飘进月宫

嫦娥也为之

舞广袖

动玉容

和人间

共度

八月秋中

哦，又闻桂花飘香时

金披晚霞

香拂晨风

夜夜有甜梦

原载于《无锡日报》（太湖文学版）2017年11月8日

河岸

市井

市井,显得狭小的字眼
却可容纳万千
俗流流在你的田地
世风落在你的视距

熙熙攘攘的背影
纷纷扰扰的嘈杂
流动的车水马龙
各色光怪陆离
都在这里拥挤

从屋宇顶上飘起的
袅袅炊烟
从背街小弄流出的
闲言碎语
都在这里栖息

还有各种
关于你的信息
关于你的传奇
也在这里绵延沿袭

在这里筑巢的梦呓
和梦里流动的血液
汇成了你
世世代代的朝夕

2017 年 6 月

河岸

老弄堂

走进这里
似漫步岁月的走廊
又见昔日的星空
星空里洒下的月光

铺着碎石块的巷道
像老人布满皱斑的额头
上面蹚过的脚步
不知写下了多少沧桑

这里跳动着市井的五脏
人脉筑起了庙堂
灶台的烟火味
装饰凹进凸出的门窗
老宅里流出的风声
犹在流淌

屋檐下挂着
多少个风干的故事
似还在风中张望
要诉说它图腾的以往

2017 年 6 月

家园

那是江南的田野
那里有我的第一声娇啼
炊烟在这里绵延
祖先在这里安息

村前土路的泥泞
或许还记得我陷进去的布鞋
野花飘出的芳香
裹着霏霏春雨

夏风卷起的麦浪
闪着金焰
层层叠叠
铺天盖地
秋光潋滟
芦花放絮
丰收的喜悦
醇酽在稻花香里

晶莹霜雪描写的冬季
在我梦里栖息

河岸

家园的四季
久久收藏在心里

哦，家园
我魂牵梦萦的土地
你还在那里
你又在哪里

2017年6月

忆双亲

清明的雨

淋淋

风，轻轻

想托轻风

把思念

带给双亲

托细雨

洒下泪盈盈

二老走后

我常有梦萦

枕边

泣声低吟

你们离去时

留下的生平

仍在田间、房厅

不忘阴阳之界

为你们送行

火焰给你们沐浴

一身纯净

河岸

随风而去
天堂，多了两双眼睛

清明，又一个沉重的日子
父母的坟茔前
跪下了，缅怀二老的深情
在你们新的居所
天高云清
沃土下面
有你们的身影
环绕双亲的松柏
年年苍劲

2017年4月清明节

父亲的手指

父亲已带着他的辛劳和善良
带着他那劳作变形的粗糙手指
故去了多年
我时常要端详自己的手指
总想在上面再看到
我父亲手指的模样

父亲是家乡有名的竹篾匠
常年累月编做竹器
使得他十指严重变形
两只大拇指像弓翘粗糙的生姜
父亲生前,我会常常注目他的手指
这时,心里便会泛起一阵心酸
父亲不易,他一生编着竹篾的手
编织着全家的生计日子
编织着心中的一份期待
编织着岁月的风霜炎凉
他把勤劳、手艺和善良
编进了一个个带有灵性的竹器
编进了那段属于他的人生岁月
父亲靠手指的劳作

河岸

养育了我们儿女成长

如今，父亲生前编做的各类竹器
已成了家乡百姓的口碑
父亲的手指则成了我记忆的伤痕
成了我久久挥之不去的绵绵思量
我曾想，从照片上再看看父亲的手指
但照片是半身的，我心中为之黯伤

我时常端详自己的手指
想看看是否有父亲手指的模样

2018 年 10 月

父亲的背影

已佝偻的线条
绷紧了
你曾经坚强的筋骨
染满风尘的眸子
已不再那么明澈
一双反复蜕皮的茧手
仍紧握着日子
蹒跚的脚下
已投下岁月干枯的
背影

2018 年 11 月

河岸

走近父亲的稻田

九月，水稻抽穗扬花的季节
每当此时
我总要回到老家
看看父亲那块稻田
父亲种的水稻
从育秧、插秧、管理到收割
每个环节
他总是要把活做得
比别人家精细
水稻抽穗扬花的季节
就似可见到丰收的季节
那满田铺展的新穗
周身缀满了黄绒绒的细花
微风吹来
花香徐徐
充满丰收的画意
此刻，我伫立在父亲的稻田旁
久久凝息
想在稻田的株里行间
看到父亲劳碌的身影
寻觅他落在田间的汗滴

品味他人生的姿态

和生活的弥艰

父亲啊,几十年风霜雨雪

眉宇间

驻满了年复一年的时艰……

父亲虽已逝去多年

但我总是想起父亲的那块稻田

也总认为

父亲已把自己

植根于他的那块稻田

2017 年 10 月

河岸

父亲踏出的那条小径

那条弯弯曲曲的小径

静躺在田边的草丛

它记得他的脚步

时而沉重,时而轻松

一头连着的菜地

也熟悉他的脸容

父亲踏出的那条小径上

不知走过了多少个

暖春和寒冬

我依稀又看见,父亲

那件敞开的土布衫

那件裹紧的黑棉袄

肩头晃悠的水桶

照出晨曦和星空

我仿佛又看见

清晨的露珠

和父亲的汗珠

一起滚动

西沉的夕阳

和父亲的背影

一样沉重

父亲踏出的那条小径啊

总是延伸进我的梦

2017 年 10 月

河岸

母亲的针线篮

一个针线篮
陪伴了母亲几十年
千针万线
万线千针
母亲，穿针引线
串联起了多少辛劳的日子
打缝了多少旧衣的补丁
千层的鞋底
游子的衣襟
一针一线情盈盈
针线篮啊
你陪伴了年轻的母亲
又装进她年迈的身影
啊，母亲的针线篮
缝补了那个年代
缝补着一生的钟情

2016 年 11 月

外婆的纺车

吱呀,吱呀

外婆的纺车

又似在摇动我的梦境

那断断续续的纺车声

虽成隔空之音

但仍勾起我心底久远的和鸣

外婆的纺车啊

你摇圆了月亮

摇落了晨星

摇醒了雄鸡的啼鸣

外婆的纺车啊

你摇转的是一家的生计

纺出的是细水长流的日子

吱呀,吱呀

外婆的纺车

摇过了几多光阴

也摇大了我的年龄

至今,外婆的纺车

还时常牵动我的梦萦

2016 年 11 月

河岸

母亲的老屋

母亲乡下的那间老屋
安静里，透出丝丝寂寞
这里是我日夜的牵挂
牵挂我的母亲是否安宁
她说，住惯了乡下
住不惯镇上的生活
眼神间
我看见
是那种对故地的不舍
和对精神家园的寄托
一方故土
我在这里养育
那刻，我望着母亲
些许散乱的白发
一种伤感，从眼中
盈眶而出
我想再捡拾，我当年
在母亲背上落下的啼哭
母亲啊
你用自己
一辈子的心血

托起了我的人生
如今,你独守岁月黄昏
只有屋门前的那棵玉兰树
陪伴着你花开又花落

母亲的老屋
安静里,有我旧梦的追逐
墙上的铁钉
挂过我的书包
那张黝黑的小方桌
我曾在上面写字蜷伏
我撑过的雨伞
是否还挂在墙角
那双粘着泥浆的胶鞋
跐着我在雨中奔跑的双足……
哦,这里
盛满我的思念
载着我
岁月的成熟

我常回母亲的老屋
到这里问一下
亲情是否还在
初心是否陨落

2017 年 12 月

河岸

在母亲的时光里
——写在母亲逝世 16 周年

时光带走了岁月
岁月的流韵
却不能带走
那个属于母亲时光里
慈爱的身影

母亲的时光是温暖的
那是我儿时躺在母亲怀里
触摸到的怦怦心跳

母亲的时光是湿润的
那是时常黏在母亲脸上的
涔涔汗光

母亲的时光是奔忙的
那是母亲在田间劳作的
匆匆脚步

母亲的时光是飘动的
那是我家一日三餐升起的

袅袅炊烟

母亲的时光是绵长的
那是母亲灯下缝补衣衫
手里走动的针线

母亲的时光是艰涩的
那是日子像冷硬的糠饼
在母亲嘴里一口一口地咀嚼

母亲的时光是破碎的
那是在如磐岁月
母亲曾失去亲人被撕碎的心境

母亲的时光是明媚的
那是她看到儿女们健康成长的模样
眉梢绽放的光彩

母亲的时光是苍老的
那是她在墙上挂的镜子里
照出的皓首……

在母亲的时光里
屋檐下的乳燕长大了又飞走
家门前老榉树的叶子吐绿了又枯落
日复一日的日子
年复一年的光景

河岸

我家的日子

在母亲操持的手中流过

每天灶台上锅勺盆碗的磕碰声

奏响的是母亲永不停歇的时光曲

在母亲的时光里

我看见了她额上

堆起的层层皱纹

头上飘起的缕缕霜花

母亲啊,你付出了你毕生的生命时光

哺育儿女们慢慢长大

而你却成了燃尽自己的烛光

母亲啊,在你的时光里

你用自己无尘的星空

照亮了儿女们人生的世界

你用自己厚重的内心

化作驱动我们远行的长风

我知道

在母亲的时光里

也有过属于她风华的青春

和愿景的岁月

也有过属于她清朗的笑声

和追求梦想的虔诚

在母亲的时光里

她是一个平凡的女人

但她更有着伟大母亲的神圣

那一天，母亲的时光在摇晃
日子在倾斜
空气也在战栗
撕心裂肺的呼喊
无力阻止母亲生命之钟的停摆
母亲的时光在弥留间凝固
永远定格在 2002 年 7 月 6 日的黄昏
母亲啊，你走了
你带走了
属于你的八十春秋
那装着你一生善良勤劳的时光
走向了另一个
又属于你的时空

时光荏苒
在岁月划过的天空
我仿佛又坐在
鲜活着母亲的时光里

2018 年 7 月

河岸

三月的恩情

我的胸中
总涨满三月的恩情
那不是,感于桃花的妖艳
和春风的慰藉
是一颗种子
破土在母亲的大地

一滴露珠
闪耀大海的恩泽
一片绿叶
绽放树根的深情
三月的风,轻轻
三月的情,盈盈
感恩你呀——母亲
托出了我呱呱坠地的生命

当我第一次睁开
入世的眼睛
就看到了身旁那双
脉脉含情的眼睛
就感到冥冥中

那颗相通的心灵

奶水、汗水、泪水

调和成喂养我的食粮

风声、雨声、呵声

托起我成长的身形

亲情、温情、恩情

哺育我天天向上的童心

三月,返青的麦苗

离不开土中的根茎

潺潺小溪

流来源头的深情

三月,我在风中

倾听你的声音

聆听那风中传来的滔滔恩情

母亲啊,你的基因

编织了我生命的风景

你的呵护

让小树长成参天绿荫

三月,我的思绪

乘着长风

去追寻天上的那双眼睛

你已经远逝了

但还是那么近

白云间传来的鹤鸣

那是你喃喃的叮咛

河岸

天边升起的晚霞

那是你柔情飘逸的衣裙

我不擅弹琴

无法在琴键

奏出感恩你的深情

我不擅舞蹈

也无法跳出告慰你的足音

我只能，用心田吐绿的小草

去供奉，春晖氤氲

三月啊，我初心的圣地

生命的灵光

从这时启明

从此啊，我心中就注满了那份

不竭的恩情

从此啊，我就把那份不竭的恩情

植入我的生命

2019 年 3 月 12 日 生日

童年的小棉袄

我珍藏着童年穿过的小棉袄
时常把她拿出来深深的打量

小棉袄
她包裹着母亲灯下缝衣的慈祥
还有儿时淡淡的乳香
几多寒冬夜长
几多春秋炎凉
小棉袄,像母亲的心
始终温暖我成长

我珍藏着童年的小棉袄
像珍藏我的童年一样

2016 年 11 月

河岸

儿时,那一盏小油灯

小时候,我有一盏小油灯
不论是晚秋,还是早春
每晚,小油灯跳动的火苗
照亮了我的小屋
暗红的灯光
洒在我温习的课本
我似看到老师的目光
感觉父母的温存
啊,儿时那盏小油灯
陪伴我度过一个个夜读的黄昏
照亮了我童年的梦

2016 年 11 月

青春之约
——安镇中学 72 届高中毕业 50 周年同学会感怀

这里，清风徐徐山水明媚

茗泉，我们同学相聚一块

叙不完的衷肠

言不尽的感慨

五十年的情波在心海旋回

青春之约，是如此璀璨

五十年，一万八千二百五十个朝晖

岁月绵绵，心路漫漫

人生路上，我们从容走来

今天，我们相敬举杯

情已沸，心已醉

青春梦又回

五十年，一万八千二百五十个朝晖

五十年的同学

五十年的兄弟姐妹

一声问候，多么纯粹

直达心底的絮语

捧出温暖的心扉

打开吧，久藏的激情

河岸

让心灵再来一次放飞

歌就歌，舞就舞

风采你的风采

斑斓我的斑斓

熟悉的身姿，挥洒青春的浪漫

奔放的歌喉，激荡生命的咏叹

多好啊，五十年的炽烈情怀

还要把明天描绘

五十年，一万八千二百五十个朝晖

难忘1973，从课堂到社会

人生的追梦，呼唤我辈

倾情家庭，奉献社会

我们勤勉工作

我们努力奋斗

家乡的高天厚土

浸润了我们的艰辛和智慧

为了父辈，为了我们的下一代

稻花香里，有我们

挥之不去的汗味

也许，前行路上

我们曾留下负重的背影

生活的风雨里

也会遇到冷风来摧

我们踏过的每一寸土地

握过的每一分光阴

成就的每一点作为

终留下我们生命不悔

虽然，五十年的风霜披肩

在你脸上刻下了少许憔悴

但在骨子里

我依然看到了你当年的神采

曾经的心路跋涉

平添了你几丝疲惫

你却登临了精神的高山

人生本是一场奔赴

耕耘过的天空

风雨过后总有彩虹相随

五十年，一万八千二百五十个朝晖

岁月流韵，厚植同窗之谊

没有位卑，不须恭维

"同学"两字，胜过无数华丽的词汇

我们携手，我们祝福

让我们，在心中

筑一道诗和远方的风景

看绿水长流

有青山巍巍

愿我们，岁岁皆静好

年年有相会

青春之约，一路芳菲

2023 年 5 月 31 日

友聚
——和南京农业大学同学在锡相聚

友人偕友人
久别的相聚
淡淡茶香
浓浓情谊
三十余载
各奔东西
当年,同窗学习
夜读的灯光
仍在心中不熄
寝室里的温情
还时时来袭
寒夜,同披一件大衣
春日,也会到郊外恬憩
梅花山上
谈笑往昔
中山陵的台阶
是否还留有足迹
光阴,似白驹过隙
岁月,永载我们友谊

2016 年 5 月

秋日回故里

还是那份
放不下的
缱绻
催动我的双脚
踏上故乡的田野
湛蓝的天边
环绕金黄的稻田
阡陌间
秋风,掀动我的思念
熟悉的村庄
熟悉的炊烟
桂花香里
热闹的村头巷尾
老人嗑烟
小孩嬉戏
邻家大婶们
家长里短的
叨叨絮语
风动处
稻谷飘香
百果红艳

河岸

一汪池塘

鱼跃水面

银杏落金

芦花吐絮……

故乡的秋日

风光绮丽

我拾步田间

掬一阵清风

擦一缕思绪

故乡啊

我沉浸在你的怀里

你让我走进了昨天的记忆

2017 年 10 月 13 日

故乡魂

踏上那片土地
便似抚摸到故乡的肤纹
那里有我的幸福
也有我的痛疼
我的肌体
已植入你的灵魂

春晨霞喷
炎夏暑盛
秋日落英缤纷
冬夜白雪叩门
挥不去的思念
蒂固根深

我常在梦里
回望
那里的星空月光
倾听
那里的人静夜深
我常在梦里
依偎母亲胸膛的温存

河岸

凝视父亲脚踩霜晨

我常在梦里

拉扯篱笆桩上

攀爬的牵牛花藤

奔跑在野地

放飞蝴蝶风筝

我常在梦里

遇见小河中

鱼虾在水中窜腾

每年的油菜花

总是开得那么旺盛

四季的炊烟

总是那样悠悠飘升……

哦,故乡的一山一水

一草一木

一舍一村

都是我

永不凋零的乡魂

2017 年 11 月

乡魂

我常在梦中
描摹你的容颜
感应你的心神
思念你
滚烫的思绪
从未降温
生我养我的那块土地啊
终生扎着我的根

岁月的藏卷里
印满儿时的掌纹
那是母亲怀里呢喃的絮声
那是在趔趔趄趄里站立起的童真
那是土灶台一日三餐
烧出的温存
那是老屋灯影里升起的每个黄昏
那是门前树上布谷鸟的年年叫春……
如今我已明白
这就是魂牵梦萦的乡魂

2017年11月

灶火

灶膛里蹿动的火苗
映红我儿时的脸庞
我的瞳孔
聚拢母亲的希望
靠近毕毕剥剥的灶火
我感觉到
岁月的温暖
和母亲操持生活
心脏的跳动

添把柴草
拨弄起的火舌
舔着生铁的锅底
烧煮着
一家人的日子
灶火生出的炊烟
盘绕着
纠结的乡愁

2017年11月

第二篇章　乡梓恋曲

想起故乡的从前

我心中，常驻着
故乡的从前
想起她
总是思绪万千
是这块土地的温度
让我沸腾血液
流连在你的怀里
久久不愿离去
因为，在这温情的泥土里
有我太多的记忆
今天，我来到你的身边
蹲伏在河边
拾步在田间
还能闻到我儿时的气息
我在这里追溯昨天
想让我的心灵，从这里
再次起飞
去追赶月光
已逝去的影子
去触摸故乡从前的晨曦
我心里荡起的涟漪

河岸

还能见到当年

亲水的飞燕

还能采撷当年

摇曳的蓬莲

哦,想起从前

我会想起故乡的一切

想起已逝去的祖先

想起这里的每一位亲人

想起这里相聚的兄弟姐妹

想起这里的

每一幢房子

每一处街面

每一条弄堂

每一家炊烟

想起那片金黄的稻田

那方叠翠的桑地

想起屋檐下筑巢的新燕

柴龙上春蚕结茧

想起家西的菜园和竹篱

还有菜地里翻飞的蝴蝶

想起童年里

奔跑的嬉戏

半夜里惊醒的梦魇

想起夏夜眨眼的星星

天空中白云翩翩

想起那群童年伙伴

那一张张稚嫩的笑颜

更想起

父亲掌上的老茧

母亲指尖走动的针线……

想起故乡那从前的一切

那一切的点点滴滴

我便会升涨心中的潮线

辗转难眠,暗自泪流满面

啊,故乡的从前

她,是我毕生的记忆

她,长住在我生命的流年

2017年11月25日

河岸

稻香深处

季节像一只小船
穿行在绿色稻浪
用时光的温度
把稻穗染黄
饱满的谷粒
在阳光下散发着金光
沉甸甸的稻穗弯下了腰
似在展示它的成熟
又似在回答农民的期望
从田野深处吹来的风
裹着稻香
醉透了人们的心房

2016 年 10 月

七月江南

万木葱茏

百果飘香

一个万千生机

盎然勃发的季节

在七月集合

到江南报到

七月，火一样的季节

把一年中最高的热情

播撒江南

去熟透旷野的果实

燃烧丰收的希望

七月的江南

一个火红的季节

滴翠万物

斑斓遍野

香风满地

2016 年 7 月

河岸

一座老石桥

一座老石桥
弓腰曲背
匍匐在天地方寸
每个夜晚
都在倾听石缝里小虫的絮语
和远方流来的涛声
悠悠的流水
流过它的胸膛
流向东方的黎明
每天,老石桥都痴痴地
驮着车碾人行
为一方桑梓
拱起通途之门
年复一年
人来人往
永不息停
而它,则在穿越岁月中
透视着人间的前世今生

2016 年 7 月

一口老井

一口老井

在村口

不知已盘踞了多少年

东边日出

西边残月

天天照着这口老井

小时候，我也常到这里

探寻猴子捞月亮故事的究竟

每天清晨

人们总如约来到这里

汲取一天的生计

打听四家八邻

家长里短的事情

从井底捞出的记忆

浸透了多少岁月世事

涌流出多少悲欢离合的乡情

一口老井

静静地

在这里守着黄昏黎明

2016 年 7 月

河岸

沧桑感

一棵古树
在这里站立了上千年
它没有世纪的概念
但它记得住日月
记得住星光

古树，坚守着千年流变的时空
天上流云俯瞰着
它的坚挺
它的葱茏

而它，年年岁岁
凝望星空
笑揽吹过的风
仰沐洒下的雨

沧桑镌刻在它斑驳的年轮
筑着未来的梦
它要用挺拔的姿态
挥舞不败的灵魂

2018 年 7 月

家乡，那条土路

你是从家乡

那条土路走出

又是从那条土路走来

也许，今天已难觅它的踪影

但它仍常常走进你的梦寐

家乡的那条土路啊

和你那么亲近

那是你

走进校门的路

那是你

走上人生旅途的路

你熟悉路边的小草和野花

你熟悉路过的河流、桥梁

你熟悉连着它的每一条小径

还有田野的庄稼

和飞过的鸟鸣

清早的晨风

夜晚的星光

追随你的身影

晴天的尘土

雨天的泥泞

河岸

伴你四季同行

这条土路啊

把你人生引领

于是，你心中

有了行路的明灯

有了方向的坚定

哦，家乡的那条土路

当年留在路上的初心

延伸至今

2016 年 10 月

我站立的大地

我站立的大地
如此无垠
如此神奇
高山、河流
村庄、田野
苍碧的云天
是你的穹顶
奔腾的河流
是你的血脉
喷薄的晨曦
是你的气息
每一枝花朵
都是你绽放的心灵
每一片绿叶
都是你抒情的诗篇
风雨雷电
为你洗礼
日月星光
装扮你的容颜
你背负气象万千
承载沧桑变迁

河岸

你怀抱万紫千红

蓬勃一切生机

你无垠的深邃

是你辽阔的胸怀

大地啊，你孕育一切的生命体

你是一切生命的归依

2018 年 10 月

第三篇章

岁月流韵

河岸

岁月的沉思（组诗）

岁月律音

尘世流变的四季
不居岁月履印
最美人间四月天
囤下几多春光氤氲
大地供养的灵魂
携来成熟的季节
履途的皱纹
把沧桑刻进了生命
那飘着乳香的童声
唱出的人生长调
流淌岁月的律音

往日时光

往日的思绪，依然
挂在岁月之窗
孩提的天真，萌动的青春
都已成我心中的珍藏

我多想，再捡拾一缕昔日的晨光
穿上那件年少时穿过的衣裳
再走进，那曾温暖过我的
往日时光

情结

我深爱的这方土地
她赐予我生命的希冀
这里的河流，还流淌在
我的血液
祖辈们耕耘过的田间
也有我踩过的足迹
难忘啊，这方土地的朝夕
我要把刻在骨子里的情结
永植在生命的原籍

愿时光不老

度衡生命的年轮
旋转在不经意间
时光的指尖，不停
写着人生路上的书笺
翻看经历过的经历
想再抚摸已流逝的过去
听岁月诉说
谈笑浮云过隙

愿时光不老
转身,仍是少年

年轻的宁静

你还是那么年轻
年轻在眉宇间
年轻在瞳光里
年轻在举手投足的步韵
你的一颦一笑
绽放曾经的青春
你的发际,滋润
岁月飘洒的甘霖
你总是把自己的心绪
化成清波,放进心海的港湾
塑一处年轻的宁静

你还背负什么

你还背负什么
是对人生感慨
还是难忘桑梓的恩情
你背负过憧憬
燃烧的意志,已融成
滚烫的柔情
昨日仰望过的星光
已成大道风景

岁月的馈赠
已让你不再年轻
你已把背负期待的沉重
化为坚毅的前行
人生,就是一场负重奋进
心有宏志,不辱使命
政声人去后
不负春华不负民

境遇

那一日,在岁月的流光里
无形的锋芒
穿过你的梦际
把碎了的时光
留在心底
从高处传出的风声
驱使灵魂的轨迹
在人生逐梦的季节
变幻时空的境遇
你把那夜的月光一齐咽下
在岁月窗口,坐看云起

人生薪火

宇宙风尘,湮没
多少岁月的履痕

河岸

沧桑的根系

却年年有新枝再生

脱去时光的躯壳，灵魂

在生命的烛光里传承

人生薪火，照亮岁月黄昏

沉浮

此刻，我思绪中串起了四季

看见多色的世界

有风有雨

步履印下的记忆

纷繁迭起

朔风中，你抹去岁月的疼痛

在深邃的时光里

沉浮生命的意气

风的生命

我忽然觉得

世界的风代入了你的生命

行云流水的岁月

淌出恬静抑或波澜

哦，妩媚温存的风

摇荡生命的风

你化为岁月的流韵

交织多变的命运

前路

我曾向着天际
叩问前路
路,便在脚下的厚土
路上有坎坷,也有风流
路漫漫兮,地平线处
不是尽头

2017 年 11 月

河岸

往事

记忆的墙

斑斑驳驳

岁月的风

雕琢出的裂缝里

刻满了往事的印纹

记忆的墙

凹凹凸凸

积淀了往事的尘埃

岁月的风

吹走了一层

又吹来了一层

四季如常

往事如轮

记忆的墙上

有几行留言

有几道涂鸦

岁月的风

贴着墙刮过

亲吻着往事的记痕

往事是一面墙

一条痕

一阵风

一缕尘

……

2016 年 5 月

河岸

重温过去

不能忘记
你来时的过去
过去的步履
过去的磨砺
过去的甜蜜
过去的艰辛和风雨

重温过去
前进路上
有阳光熠熠
也有阴霾云翳
有春风得意
也有冷雨霏霏
有轻舟荡漾
也有激流涌起

重温过去
前进路上
有迅跑发力
也有彷徨绊羁
有登攀超越

也有横风来袭

有赞声不绝

也有风言冷语

重温过去

在你履历的脸书上

曾青春激扬

意气风发

写下少年天真

也有成年坚毅

在践行中

你懂得人生的哲理

在磨砺中

你体会生活的不易

在朔风里

迎风而上

在寒流里

不惧冷气

始终扬鞭奋蹄

奋力跃起

重温过去

一卷人生的写意

行之，思之

无论何时何地

都要和组织紧紧相依

都要和人民心连一起

用责任书写履历

用忠诚塑造自己

用真情回报大地

重温过去

也是回望检视自己

人生路上

不涉浊流

坚守正气

严以律己

心有红旗

重温过去

是为了不忘历史

再去拜访历史

这位最好的老师

再去领悟实践的新知

再去深探命运的机理

再去辩证历程中的差距

再去总结人生之路的真谛

重温过去

是为了向未来延续

2017 年 5 月

往日

往日已往

我还在寻找往日的驿站

想再抓一把过往的岁月

把已打包的往日抖开

再看看往日里

那团火焰

那片冰雪

再看看往日里

那阵清风

那处斑斓

哦,往日已过

我心仍驻

往日已往

我心依然

2017年5月

河岸

重拾

我在这里寻觅

寻觅已失落的童年

我想重拾童年时

那柴堆里的嬉笑

草坡上的打闹

想重拾

那稚气里

童真的笑颜

和在母亲怀里的嗔娇

我还想重拾那

春日里的风筝

飘摇的童心梦想

重拾我的生命之初

和青春之火

2017 年 6 月

骨子里有岁月的声响

在我的骨子里
会时常传出咯咯的声响
好像当年在农村挑担时
扁担的断裂
又像是当年穿过身体的风雨
仍在里面争吵
夏天打雷的时候
我在奔跑
落下的雷声,或是没有扔掉
村里那声声疲倦的哨音
至今,还在骨子里喊叫

2017 年 6 月

河岸

怀旧

人,不免要怀旧
让我来一回心中的时光倒流
梦里走一走
再看看青春那头
曾少年烂漫
无忧无愁
曾意气风发
把梦想追求
曾携来百侣诤友
迎春光潮头
曾踏歌而起
舞动青春长袖……
啊,岁月如歌
在我心弦上流过
看夕阳仍艳
青山依旧

2016 年 6 月

襁褓

你把接纳的
第一声啼哭
紧紧捂在胸口
在摇篮
在背篓
包裹着呵护
围掖着
母亲的温度
在你怀里完成的
神圣拥抱
哺育了一曲
生命的颂歌

2017年6月

在内心认识你

在人生的时光隧道
沿着路遥的心迹
我闻到了你脉搏的气息
也看到了
踏碎的荆棘

涉过阴霾的边界
阳光照进了你的生命
在你坦荡的心底
我认识了你内心
那颗浩然的心灵

2017 年 6 月

生日

你来到世上的那一年
那一月那一日那一刻
便是你的生日

你生时不记得的生日
后来慢慢长大了
才知道你的生日

才懂得你生日的字眼里
包含了多么厚重的含义
才懂得你来到这个世界不易
才懂得母亲是你真正的上帝
把生命赐给了你

的确,你并不记得
你的第一声啼哭
在离开母体的瞬间
便融入了苍茫天地
宣示你要在这个世界自立

也许,你也并不清晰

河岸

含辛茹苦的母亲，最初
乳给你的点点滴滴
是她用温柔的体温
呵护你稚嫩的肌体
而这，成了母亲万般不弃

生日，多么神圣的定义
这一日，凝结了你生命的真谛
开启了人生真正的出发地

你对你的生日有虔诚的心仪
那是对人伦的无限眷意
那是对伟大母爱的膜拜顶礼

每年的这一天
意味着你又扛起一年
岁月的风雨
意味着你人生征途新的开启

你每一个生日筑起的人生之旅
都在诠释生日的神圣意义
都闪耀着生命的灵光熠熠
燃爆人生的炽烈火焰

2018年3月

第三篇章　岁月流韵

流逝

时间在流逝

在时间的流逝中

一切都会流逝

一切都在流逝

流逝的过往

不再回头

流逝遥远

已为渺茫

风，每天都在吹

云，每天都在飘

天，每天都会亮

但都是新的

时间在流逝

在时间流逝中

流逝着富有

也流逝着贫穷

河岸

流逝着快乐

也流逝着忧伤

流逝着生命的期待

也流逝着心中的牵挂

流逝着心血

也流逝着烦恼

流逝着恬畅

也流逝着纠结

流逝着岁月风雨

也流逝人生际遇……

时间在流逝

在时间流逝中

物种在流逝

生命有绽放

也蕴含枯萎

大千世界在流逝

从来没有亘古不变

一切都在造化变迁

风气在流逝

世风不古

才生风气之先

时间在流逝

时间在流逝中
掩埋岁月的碎片
又催生新的时光
时间在流逝中
刷新明天
擦亮未来

2018年3月

河岸

我曾拥有

我曾拥有

拥有过青春的邂逅

邂逅过后的迷离

我曾拥有

拥有过风华往昔

往昔沉淀在额头的印记

我曾拥有

拥有过蹉跎的风雨

风雨弥漫过的苦旅

我曾拥有

拥有过岁月的焦虑

焦虑盘桓的人生步履

我曾拥有

拥有过同道的兄弟

兄弟间过往的况味

我曾拥有

拥有过岁月的朝朝夕夕

朝夕筑成的昨天、今天……

2018 年 3 月

河岸

我望着你的眼睛

我望着你的眼睛
想从你的瞳孔里
看到你的世界
分享你的心情

我望着你的眼睛
想从你的明眸里
看到你的纯净
读懂你的神韵

我望着你的眼睛
想从你的笑意里
看到你的愉悦
体味你的欢欣

我望着你的眼睛
想从你的泪花里
看到你的内心

触摸你的柔情

我望着你的眼睛
想从你的眉宇间
看到你的自信
感觉你的坚定

2018 年 4 月

河岸

清晨，当你醒来

清晨，当你醒来
是否还在燃烧昨夜的梦寐
晨风已吹来
满天的云彩

清晨，当你醒来
是否还在聆听梦中的天籁
闪烁的星光
摇曳在你的心坎

清晨，当你醒来
是否还对昨天难以释怀
阳光已放射
今天的灿烂

清晨，当你醒来
是否还在拾起昨日的思绪
心中的斑斓
升起朝阳的澎湃

2018 年 4 月

我看见

我看见
雷声中的闪电
撕裂黑云
照亮雨的路程

我看见
飞舞的雪花
满天纷纷
引领身后的新春

我看见
喷薄的朝晖
燃红天际
伴着太阳东升

我看见
斑斓的晚霞
在落日里转身

河岸

去梳妆明天的早晨

我看见

岁月的长河不息奔腾

浪花里

绽放着人生

2018 年 4 月

经历

时光织成的
行云流水
写着经历的篇章
经历着的经历
经历过的经历
统统装进
心房的书柜里
等待着尘封
当时光需要翻阅
会看到里面，有
欢乐和忧伤
也有感悟和惆怅

2016 年 4 月

岁月的记痕

岁月的风尘

飘在朝夕的风中

刻在生命的年轮

每一滴汗渍

每一步轻吟

每一段足迹延伸的路程

都有你的影子

都有你的记痕

两鬓的雪

泛起的

是心里装下的累

额头的纹

录下的

是不悔人生

2017 年 4 月

感谢昨天

我要感谢昨天

昨天，母亲孕育我"十月怀胎"

昨天，链接了我的人生之环

昨天，把我生命的步履承载

我要感谢昨天

感谢昨天对我的教诲培栽

感谢昨天为我搭起了生命舞台

感谢昨天把我人生道路铺开

我要感谢昨天

感谢昨天大地对我的支撑

阳光给我的灿烂

感谢昨天所有对我的呵护和关爱

感谢昨天吧

感谢昨天佑我一路走来

2016 年 8 月

河岸

折角的书页

我常在书中游历

去领略山川大地

和春秋岁月

时光虽已把读过的书页染黄

但那曾被折角的书页

夹藏着阅读记忆的缝隙

似乎还留着我对文字的咀嚼

和冥思的痕迹

折角的书页里

有我的钟情

我的思绪

我的启迪

折角的书页，我曾和你牵手相眠

折角的书页里，有我梦中的细语

和枕边的呼吸

哦，折角的书页

你装订着我人生的记忆

2016年8月

绿叶之赞

绿叶——
不知有多少诗人
吟诵过你
不知有多少歌手
歌唱过你
你是一个
经久不衰的命题

绿叶，我要赞美你
赞美你
托起红花的吐艳
甘做配角的高风亮节
在万花丛中
不拘保持低调的风仪

我要赞美你
赞美你的不屈
在狂风暴雨的肆虐里
任凭嘶号翻滚
你抓住树干的手
始终不肯松离

河岸

在你飞身翻舞的那一刻
我看到你是那样坚毅

我要赞美你
赞美你的卑谦
在骄阳灼热的烘焙里
却毫不躲避
你把每一寸阴凉
躬身让给大地
在你转身移影的那一刻
我看到你那崇高的歉意

我要赞美你
赞美你的无己
在草木凋零的肃杀秋风里
你不惧寒意凛冽
把最后的能量
转移到树干里，而自己
无悔地飘落大地
在你迎风飞舞的那一刻
我看到了你心灵中的无己

绿叶，我赞美你
赞美你生命的诗意

2016年9月

第三篇章　岁月流韵

留住

当你从冥冥中走来
当你跨进人生的门槛
你的第一声啼哭
初心湛蓝
你的第一声朗笑
天空灿烂

让心中，留住你
生命之树的
每一片绿叶
每一片花瓣
人生天空的
每一缕清风
每一片云彩
留住你的欢笑、忧伤
和所有人生感慨

留住，留住所梦
留住所爱
留住青春的浪漫
年华的风采

河岸

留住,留住所情
留住所怀
留住岁月的斑斓
人生的豪迈

留住,留住所遇
留住所览
留住曾经的徘徊
蹉跎的磨难

留住,留住所悟
留住所惮
留住胸中的云岚
心灵的天籁

留住,留住所感
留住所慨
留住思想的花瓣
精神的气派

留住,留住所愿
留住所盼
留住昨日的澎湃
明天的期待

2017 年 10 月

旧家具

拆迁了
收拾着那些
沉暗，斑驳
少了棱角的旧家具
似在收拾着旧恋

其实，它们都有过光鲜
它们的身体里
也有激情的回忆
只是时代变迁
它们也要退居

现在，我把它们放置
在一个安静的角落
让它们慢慢沉淀
过去的岁月

2017 年 10 月

河岸

情愫

那片生命的湛蓝
是你心灵的港湾
情动处
荡漾微澜

那处情愫的彼岸
盛开人生的幽兰
风去处
芳香未艾

2017 年 10 月

离别

你要离别这里

成长的土地

收拾起你早晨的呼吸

和夜晚的梦呓

收拾起洒落这里的阳光和风雨

收拾起你沸腾过的心血

和淌在这里的汗滴

收拾起你的惆怅和叹息

收拾起你曾得到的爱

和飞扬的希冀

还有，此刻澎湃的思绪

你要离别这里

奋斗的土地

面对苍天，大地

你在心里默默作别

回首激情昨天

你在泪中盈盈致意

河岸

离别,只是生活段落的标点

离别,是你又完成了一段人生之旅

在心灵的彼岸

你又会燃烧

生命的火炬

2017 年 10 月

年事

岁月包裹的颜色
从两鬓溢出
旋转的年轮
流逝了多少得失
烂漫的天真
激情的青春
你生命的脚步
作着忠诚的纪实

当你老了
你原本明亮的双眸
可能不再清澈
你人生的潮线
也会慢慢退下
但那盏
照亮心路的灯
依然明澈

2017 年 10 月

河岸

水滴

你晶莹的一滴
滴得如此灵动
如此意浓

你滴在云雨里
滴在晨雾中
滴在田垄间
滴在花草丛

时而,你飘飘洒洒
时而,你激情飞溅
时而,你悠扬弹奏
时而,你咆哮俯冲

你绵绵在
天地间编织
静静在
草木尖玲珑
你滴下的甘露
滋润风情万种

你驾着腾飞的云
骑着呼啸的风
你吸纳阳光
凝化彩虹

你有融化心灵的柔情
有坚如钢铁的品行
你把大自然的威力
化为滴穿巨石的神功

哦,一滴水
跳动无边大海的涛韵
映照深邃无垠的苍穹
一滴水啊
大自然的一滴水
制衡着一切生命的律动

2017 年 10 月

河岸

细浪间

柔软的细浪
像微微抖动的薄绵
没有一丝张扬和冲动
轻轻地
缓缓地
像无数只小手
在河滩边厮磨
低低地
嗫嗫地
像无数张小嘴
与河滩边的沙土低语
轻描淡写的碎花
把水的潋滟
缀成皱褶的蓝纱
在河滩边
汇成一圈圈
灵动的水线
把水对河滩的依恋
漾动在细浪间

2017 年 10 月

第三篇章　岁月流韵

日历上的流光

是谁
把日历翻得
沙沙作响
指尖划出的
一道道流光
洞开了
风声，雨声
走过的岁月长廊
历史的巨掌
拨弄日月时光
一路写下了
多少荣光

厚重的昨天
有烟雨茫茫
又星空朗朗
有英雄悲泣
又血花怒放
时代画卷
总是波澜跌宕
在历史的肩膀

河岸

登临远望
看人间正道
自由、解放
历史潮流
浩浩荡荡

哦,每一个历史上的今天
叠印着
串串厚重的脚印
闪耀着
历史天空的星光
传颂着
英雄史诗的吟唱
放射着
人类进步的光芒

哦,翻动日历的瞬间
我看到了
在上面装载的
峥嵘沧桑
看到了
每一个历史上的今天
看到了
历史长河中
斑斓多彩的流光

2017 年 10 月

七夕随想

银河两边
惨淡的两颗星星
遥望相映
却无法相近
牛郎织女的神话故事
鹊桥相会的悲情传说
不知牵动了人间
多少追寻的眼睛
伤感了凡尘
多少悲悯的寒心

慈怀的喜鹊呀
你为何每年只来一次
为两个爱情宿命
搭桥聚情
无情的天庭呀
你难道还不能
释怀宽恕
垂怜织女千年的哀鸣

鹊桥，无奈的垂情

河岸

遥想两个相对的人影
悲恸的柔情
只能在泣中苦吟
繁星会为之动容
白云也为之泪盈
叹三千年真情
何堪泪相倾
闻人间
已有情人节
不知况味何境
但愿天下有情人
终成眷属
不再复制千年的传说
不再重版古老的悲情

2017年农历七夕

不忘来路

别忘了，来路的方向
别忘了，你走过的路有多长
每一段走过的路上
都有你成长的模样
每一段走过的路上
都筑起你的梦想
每一段走过的路上
都有你挺直的脊梁

在你走过的路上
有长风舒卷
旌旗飘扬
有阳光普照
雨露滋长
也许，也有过彷徨抑或惆怅
但，心中有个太阳
照亮你的方向
挥去迷惘
初心不变道路长

2017 年 8 月

河岸

我想对明天说

我想对明天说
请给我一点理由
让我到明天的树上
采摘春天的花朵

我想对明天说
请给我一份信念
让我在明天的路上
奔放精神的自由

我想对明天说
请给我一腔豪情
让我在明天的长河里
击水中流

我想对明天说
请给我一次承诺
让我在明天的朝霞里
舒放我的歌喉

我想对明天说

请给我一个信任

让我在明天的阳光里

燃烧初心的流火

2017 年 10 月

河岸

致黄昏

有多少文人的笔触
描述过你的唯美
也有多少尘世的过客
感叹过你的沉沦
黄昏哟
一轮渐隐的夕阳
在向你招手中
淡去了红晕

不,黄昏
你是神乎的
你刚把白天收藏
又在天空
布满了星辰
开始孕育明天的早晨

黄昏哟
你是一日中
平凡又不平凡的过程
一天的辛劳,迈出
一天的路程

一天的所得，收获

一天的勤奋

一天的追求，成就

一天的梦真

黄昏里，你用余晖

写下一天的篇章

多少人生的笔画

在这时落成

黄昏里，你用晚风

荡起一天的歌谣

多少生命的梦想

在此刻升腾

黄昏里，你用晚霞

酿出生活的香醇

飘满田野乡村

黄昏里，你用月色

把万家欢乐滋润

捧出满天虹霓

照耀现代城镇

黄昏哟

在你多情的帷幕下

多少有情人

相约黄昏

倾吐着心声

多少夜归人

河岸

相聚天伦
饱尝家的温存

夕阳无限好
情生在黄昏
黄昏哟
你有你的月圆冰轮
你有你的潮生潮升
你有你灯火阑珊的心魂
你有你草生禾长的时分
哦,黄昏,你好
你好!黄昏

2017 年 9 月

晃动的岁月

你的心海
是否还在
翻腾昨日的波澜
过往的岁月
从激情中走来
又在感慨中离开
人生的篇章
意蕴几多豪迈
眼波里
总有晃动的岁月
踏歌而来
也不期
风雨相随
命运，冥冥中自有安排
信念，也把握着未来
信步人生苦乐
终有真情满怀

2017 年 9 月

河岸

伫立街头

伫立街头
似在审视
来来往往的人流
一颗颗流动的心脏
搏动各自的所求
踏着的思绪
是否在寻觅
人生的渡口

小小环球
装着拥挤的街头
这里的景色
演绎流变的春秋
各色流行词
在这里摩肩接踵
彼此问候
明天的气候

2017 年 10 月

站在黄昏的边际

你一次次凝视
梦幻般的夕阳
如火的金焰
燃烧你的心田

你一次次瞩目
西边的云天
在余晖里
欣赏落霞飞燕

你一次次眺望
远山松林的风仪
傲立高地
清风披肩

哦,站在黄昏的边际
你仍青春自己
在人生的重要章节
想再写辉煌诗篇

2017 年 10 月 重阳节

河岸

来来往往的人生

历史的纵深中
是否有一条
人生的走廊
沉浮的史海
可否都记得
人生的过往
阅三千人生
五百年风尘
扑朔迷离中
有星星辉煌
也有滞滞迷惘
年轮旋转
又曾留下几多风光
长风，会否
把烟云遗忘
流逝不绝的岁月哟
你蹉跎多少人生
在人间长廊
来来往往

2017 年 9 月

银发飘出的诗意

被春秋染成银色的
那片田野
成熟了一季
人生的故事
昨日的花香
已酿成了琼浆
结出了生命的果实
果实里吸纳了
朝露，晚风
阳光，雨雪
凝固了大地冷暖和
世态炎凉
浓缩了岁月青春和
血色年华
那片银色的田野
已飘出厚重的诗意

2017 年 10 月

河岸

遇见自己

我遇见了自己
在昨天，前天，以前
在母亲怀里的嘶啼
在童真梦里的嬉戏
操场上的队列
放学后的顽皮

我遇见了自己
在昨天，前天，以前
在风华芳菲的梦里
在青春豪迈的步履
追逐希冀
风发意气

我遇见了自己
在昨天，前天，以前
在草木深处的河边
在稻香弥漫的田间
一个身影
一袭蓑衣

我遇见了自己

在昨天，前天，以前
在山坡林地
在村舍屋檐
蹒跚在绿荫里
屈膝在稻花间

我遇见了自己
在昨天，前天，以前
河工淤泥
冷霜寒衣
披一肩瑟瑟星月
吐一团青春雾气

我遇见了自己
在昨天，前天，以前
沐春风化雨
迎潮头湍急
为求开放发展
一路不敢歇息

我遇见了自己
一个似曾相识的自己
一个久远而又在眼前的自己
在昨天
在前天
在以前
我遇见了自己

2017 年 10 月

河岸

寻找

我在寻找
寻找一个开始摆动我
生命时钟的地方
十月怀胎的神圣
襁褓中的眼神
让我在这个世界与万物共生

我在寻找
寻找我心灵住过的地方
心智的新芽
在这里破土
人格的基因
在这里塑造

我在寻找
寻找一个青春燃烧的地方
人生起步
在这里上路
青春梦想
在这里生长

我在寻找

寻找我心灵中

一个永恒的地方

……

2016 年 10 月

河岸

段落

放下一段岁月的纠结
平静一路心潮起伏
人生亦有四季
总有生命的段落

拾起以往的颠扑
串联生命的篇章
回望走过的每个段落
是又一次对人生的阅读

2017年12月1日

河流

你脉动的深处
淌出的流水
托出生命的景象
你用万千筋络
筑起旷野田垧
你扬起的碧波
荡漾渔乡
灌溉稻粱
你牵来一座座青山
秀出草木芳香
你流走了岁月
却流不走你的模样

2017年11月27日

河岸

路上

多少身影留在上面
多少步履印在上面
奔忙的梦想
连起岁岁年年

那一刻,你曾在这里
与春风邂逅
那一刻,你曾在这里
与秋雨擦肩

从这里开启的人生脚步
筑起的生命经历
装进风雨兼程
收纳风光无限

从那一刻起
你把你的世界
与这条路相连
来路上的初心未变

2017 年 12 月 1 日

流年的回响

谁，拾得岁月飞花
把你的流年
在日月间奏响
谱一曲生命的回响

步过飞尘
回旋青春梦想
时光的列车
向前着铿锵

揽抱流云
曾激荡情怀满腔
挥手瞬间
忽见辉煌夕阳

不须忧伤
更无莫名惆怅
拥抱未来
仍是热血衷肠

2017 年 12 月

晚霞

我想抓一把晚霞
把它揉碎
放进我的梦幻
化成彩蝶
翩舞生命的多彩
在晚风中浪漫

我想抓一把晚霞
让它斑斓
点燃我的思绪
飘逸天外
去看山外青山
在夕阳里灿烂

2017 年 10 月

浓缩

我想把我的思想
浓缩，折叠起来
融入一滴晨露
让阳光
折射
晶莹未来

我想把我的思想
浓缩，折叠起来
嵌入一片树叶
与树干
对话
感知它年轮的由来

我想把我的思想
浓缩，折叠起来
附着一根羽毛
飞翔蓝天
呼吸
苍穹的湛蓝

2017 年 10 月

河岸

重阳颂

重阳，阳气重聚的日子
天空，布满金光万道
温暖着金秋的怀抱
今日，登临高处
望大地辽阔
稻菽甸甸
托生命厚重
脊骨傲傲
青山峰巅
红叶飘飘
似火炬传薪
心尖燃烧
苍山莽莽
长河滔滔
遍地黄花
艳阳碧照
看满天红霞
又一个
旭日涌朝

2017年10月 重阳节

青露

那滴
青涩怀抱的晶莹
是上苍赐给绿叶的滴翠
你用晨曦
刷去夜色
一身灵动
从黎明中走来

在晨雾氤氲里
你还含着
昨夜梦中的腼腆
挂在草木叶尖
你吸纳晨曦
泛动玲珑的珠环
在大地呼吸间
滋润生命的斑斓

2017 年 9 月 5 日

心思

一

院墙内攀爬的青藤
总是探出墙头
想一睹墙外世界
别样的风景

二

菜园里插上了稻草人
几只雀儿小心翼翼
远远地窥视
飞近菜园兜了一圈
叽喳了一阵
径直飞进了菜园
起劲地啄食着鲜嫩

三

一群鱼儿
迎着倾泻的水流
反复向上跃起

一门心思
要跳进高处那片蓝色

四

一只花猫蹲在墙角
一动不动
蓝眼睛射出的犀利
屏息着扑向老鼠
那一瞬间的意念

五

埋进地下的种子
并不甘于有了安逸的栖身
破土而出
才是它萌动的心思

2018 年 5 月

河岸

一枚海螺壳

从海边拾回的一枚海螺壳
一直放在我的书柜
几乎每天与它见面
却又相视无言

石质般的海螺壳
那么坚硬
闪着富有生命质感的光泽
尽管已没了肉体
但我总觉得
它有活着的灵魂

因为，我从海螺壳里
会时常看到蔚蓝的海水
和拍岸的浪花
会时常听到海空中的风啸
和海鸥掠过时的鸣叫

2018 年 9 月

浪花

你以粉碎的姿态跃升
在波峰上燃烧蓝焰
在浪与浪的碰撞间
水与岸的博弈里
把生命礼花奉献

你绝不离弃母体
跳出了水面
仍反复着痴情的归旅
在水的浩渺里
荡漾你一如既往的笑颜

2018 年 9 月

城市之夜

我跋涉在霓虹之间
踩一地繁华
淌着人与光的波流
沉浮在这城市之夜

已不见昨日星光
这里，只有喧嚣的幻空
林林总总的
光怪陆离的
闪闪烁烁的
五彩缤纷
搅拌着城市的梦
构筑着一个多梦的城市

2017 年 10 月

水的颂歌

氢氧原子的结合
产生了造化生命的伟大物质
一个神圣的母体
在洪荒之间
开启了地球的生命之钟
蓝色之航

在这个星球之上
你主宰着苍茫
大海扬波
江河奔腾
是你撼天的气魄
澎湃的胸膛

你的点滴
托出时空的浩渺
你的细流
就是岁月的长廊

你波涌万里
托起人类远航

河岸

灌溉原野
繁茂遍地梓桑

你一片柔情
一切皆可被融化
你无比坚锐
一切都无以拒抗

飞瀑跌宕
小溪浅唱
雾岚云虹
雨露雪霜
是你出神入化
多姿的风光

你躺着，是碧波万顷
你站立，是一座冰峰
每一片树叶
都有你的呼吸
每一朵花朵
都闪耀你的灵光

你渗透着一切
无论天空、地上、地下
你摆弄着风云
无论过去、现在、将来
你维系着生命

无论白天、黑夜、四季

水啊——
宇宙之神
万物之源
生命之光

2017 年 10 月

河岸

年边

这里，洒落季节的烟花
生长着时光的年华
收获的梦想
装满了去年的情话
落下的种子
又准备来年发芽

北风，打扫着脚下
要把银装铺上
霜晨里跳出的几朵红梅
举着点燃岁月的火把
开在年边的迎春花
翘望瑞雪飞下
春天的步伐
已在冬的彼岸出发

2017 年 12 月底

临风心曲

触目静美的远山
把落日搂进怀里
想牵来天边的红云
点燃胸中的晚曦

再轻抚温暖的大地吧
那里有我深深的呼吸
弹一首临风心曲
低吟远山落日的瑰丽

2017 年 10 月

岁末联想

一手握住朝霞
一手又挽起夕阳
多少个"每一天"的连接
串起了岁月悠长
几十年春风渡我
多少载拾步秋凉
几番与时光邂逅
留下些许惆怅
几番在时空路口
辨识人生方向
你深知生命旅途道阻且长
更有思索未来的激情联想
今天啊，又要把咀嚼碎的岁月
铺在明天的路上

2023 年岁末

第四篇章

绿野清音

河岸

春天的感觉

踩着刚从冬夜里醒来的泥土
我感觉到了
又一年春华的气息
而当我的目光
抚摸着树梢上刚探出的嫩芽
顷间，<u>丝丝绿意浸润的温情</u>
沁入了我的心扉
流淌到我的血液
此刻，我已被温暖了的思绪
便挽着春光里的希冀
向着远方飞去……

2016 年 5 月

相约春光

早晨的呼吸
忽然闻到了你的气息
心中荡起
古人"忽如一夜春风来"的惊喜
转眼间,嫩绿钻出了地面
要和春光相拥
翠芽,在树枝翘起嘴唇
要和春光相吻
春风,迈开如约的步履
在大地谋篇布局
唤万物生灵,一起
和春光约会

2018 年 3 月

河岸

三月风

在料峭中漫出的
微微暖气
徐行大地
要去剪裁一个春的天地

你呵出团团热雾
焐醒了枝头的萌动
染绿了旷野
你托起白云
追尾斜飞的燕影
点蘸波光涟漪

你捎来春雨
返青了麦苗
欢快了小溪
把叠翠戴翡的春梦
送给了大地

哦,三月的风
春的灵气

2018年3月

柳风

不经意间
已摇动了一树翠丝
舞起的婀娜
丝丝拍打着空灵
拂出阵阵春意
漫抒绿袖
轻扬翠影
想与白云共舞
有几只燕子斜飞
前来和鸣
柳风,在裁剪一幅春的图画
给大地
披上万重翠衣

2018 年 3 月

春天的遇见（短诗三首）

春天里的遇见

春天里的遇见，总是
满目斑斓
但有时，也觉得有些
眼花缭乱

春天里的地下

春天里的地下
一粒种子在萌动
它似在回忆去年生长的地方
那块曾扎根的田垄
难道，它也会思乡认宗

柳条醒了

柳条醒了
醒来的柳条舞动的青影
吐出丝丝清风
飘出一个个黎明的春梦

2018年3月

含苞

你蜷缩在苞里
在等待那一刻
绽放自己
你想在春的天地
感受清风徐徐
吮吸清晨的
阳光露滴
在群芳争艳的世界里
舒一缕芳香
展一瓣艳丽

2018年3月

蚕豆花开

无数只竖起的小耳朵
在捕捉根下的动静
它要聆听春的脚步
蹚开蚕豆的花瓣
黑白色的耳鼓中
有蜜蜂嗡嗡
垄上的蚕豆花
履行着季节的承诺
现在的餐桌
已分不清四季
心中的蚕豆花
却还是如期开放

2018 年 6 月

楝树花开

入夏的风
唤来了楝树花开
老家屋旁的楝树花
年年如期而开
粉色的花瓣中
镶着金黄的花蕊
花不艳，却招人喜爱
也不香，却引人注目
淡粉的花朵
像一只只喇叭
一簇簇，一层层
开满一树
像忠诚的卫兵
拱卫着，簇拥着我家的老屋
楝树花开
好似老友到来
释放的是温暖
感觉的是亲切
楝树花啊
你不事张扬
没有高傲

河岸

但，年年开放
开放在村边
开放在屋旁
默默地
为田园，为村庄
送上一缕芬芳

2016 年 5 月

第四篇章　绿野清音

红花如云

春光三月
遍野的红花①草地
连着天际
泛着涟漪
那开出的一片红花
像一片红云
在广袤田野里升起
在轻风里舒卷
又像一地红焰
在阳光下燃烧，吐艳
在波动的红云间
彩蝶飞舞
蜜蜂奔忙
在一片红云中
编织着
甜蜜的春色

2016 年 5 月

---

① 红花，即红花草，也叫紫云英。

河岸

端午

因为一个人

有了端午节

端午

铭记着一个人

年年有端午

端午有年年

用汨罗江流来的水

煮香了芦叶包裹的粽子

蒸发出团团思念

飘溢着不屈精神

一本《离骚》

不朽的千古诗篇

寄托春秋壮怀

悲恸楚天星辰

乘着竞渡的龙舟

披一身汨罗江飘来的烟雨

去问候

千年之外的诗人

端午，怀念着一个人

端午，精神的永恒

年年有端午

端午有后人

2016 年端午节

河岸

一束艾草

一束青嫩的艾草
挂在家门上
它告诉我
今天是端午古老的节日
端午的传说
艾草的故事
从小已听过无数次
但我仍不太明白
艾草驱毒避灾的功效
总是要在这个日子提醒大家
但人们知道，端午节
家家门上挂着艾草
挂上的是太平安康的祝福
哦，一束艾草
一束最虔诚的绿色

2018 年端午节

第四篇章　绿野清音

仲夏之夜

沉在深深夜气中的村庄
静谧得出奇
树不出声
草不出声
虫子不出声
平日里不安分的狗
也不出声

西天的镰月
想钩起池塘里的涟漪
却无声地掉进了水里
岸边的垂柳
像在低头沉思
青蛙爬上了岸
闭目打盹
村庄闭上了嘴
也没有人夜行
只有村头闪闪烁烁的萤火虫
像一明一暗的幽灵

夜出奇地静

河岸

凝固了一切声音
只有草木的清香
似乎在示意这里的生命
真好,在万籁俱寂中
我感觉到
世界的安宁

2018 年 7 月

夏景偶感（短诗五首）

向日葵

每天朝着太阳旋转
追逐金灿灿的梦想
是你生命中
永不改变的方向

蝉 鸣

一只知了躲在树荫里
把噪人的高调
塞满了热光缝隙
那对振响的翅膀
也似在，招摇
夏日里的霸道

荷花塘

荷花塘里袒露的花蕊
招来了蜻蜓亲吻
那扇动的热风
漾起了清冽的波纹

蜘蛛网

一只蜘蛛用算计
编织的陷阱
网住了多少
飞舞的生灵

蛙　声

小时候记忆的秧田里
装满了一片蛙声
每到夏时，总会在我耳畔复活
在那此起彼伏的叫声里
我听到了
一曲湿润绵绵的乡愁

2018 年 7 月

夏熟

踏过暮春
长着绿叶的日子
在小河里流淌
多汁的果实
已被夏日蒸熟
麦子捧出了金黄
我似又闻到了母亲锅中
刚焙黄的新麦面饼的喷香
夏熟，肩着沉甸甸的收获
开始登场
丰收季里
乡村沸腾了满地的热情

2018 年 7 月

秋日里的情思（组诗）

感觉秋天

一

秋光透出的凉意
传来了
秋天的信息
秋风起处
走来了
秋黄的天地

二

风变得冷漠
田野沉下了脸色
摇曳的草木
一身瑟瑟
欢快的小河
多了几分凉澈

三

一行追逐白云的大雁
把北方抛在了身后
它们要到南方
去寻找去年的旧巢
重浴温暖的乡恋
又把北归
变成了明年的记忆

四

沉甸甸的稻穗
被熏风染黄了脸
驮着秋熟的沉重
弯着头重脚轻的身子
一点点
扑向地面

五

螃蟹的脚发痒了
趴在水边田间
去寻觅凉爽
坚硬的腿脚
一路爬行
留下了秋的足迹

河岸

六

摇曳的芦苇
换上了秋衣
洁白的花絮
覆盖了连绵的湖边
那仰天起伏的白色涟漪
铺开绽放的笑脸

七

一叶叶枫叶
燃遍了山间
与天际的红霞连成一片
弯腰拾起一叶
便捡回了一个秋天

八

褪去翠绿的柳枝
像在风中抽动的鞭子
又像蓬散的发丝
垂挂在河边
秋风撩动
摇晃水中的萧条

九

蜷伏的小草

叶尖已挂不住露滴
　月色用冷光泻意
　晨露凝成了霜絮
　一群白鹭
　扇动着凉气

秋天的姿态

秋天的姿态
是佝偻的
你被沉重的果实压弯了腰胯

秋天的姿态
是婀娜的
你舞动原野斑斓的裙摆

秋天的姿态
是醉意的
你醉红了满山枫叶

秋天的姿态
是奔放的
你在稻花间驰骋金风的步伐

秋天的姿态
是摇晃的
你荡起一池秋光潋滟

秋天的姿态
是浪漫的
你扬起飞舞的芦花

秋天的姿态
是瑟瑟的
你踏碎了凝重的霜花

秋光里的芦花

那翻卷的
一片雪浪
乘着秋风
抒弄着婀娜
从天际
舞蹈而来
摇荡的腰肢
摆动银色的头缨
招展着高洁的仪态
把秋的风景捧上

她说，已在清波里
等待了一年
冬雪，春风，夏雨，秋光
经历生命的嬗变
枝叶的重生

采集晨的露珠
沐浴晚的霞光
才从漫漫青帐间
展露发束
牵来白云
把花穗
染成银色
选择旖旎的季节
蓄势待放

哦，在近波远水间
覆盖的绒花
飞扬着白雪
在无垠的湛蓝间舒卷
她要相邀
无边的白云
一起
绽放秋光

眼前，那片秋水

眼前，那片秋水
你荡漾着
美妙的词汇
你灵动着
一泓柔美
哦，秋波，秋水

河岸

我见到你就心醉
看远山，青黛如梦
近处芦花
为你点缀
微微的波
盈盈的水
连着天际
涌我心扉
啊，眼前
那片秋水
年年岁岁
在歌唱着——
家乡美

白云下的金色

你把大地染黄了
把风也染成金色
一个骄傲的季节走来
你向蓝天
托出你的丰硕
向白云
展示你的成熟
你要跟白云媲美
炫耀你的灿烂
你的辉煌
你说，你是秋的骄子

你绽放的金色年华
给大地铺上了金装
创造了富康
你想邀请白云
和你一起共舞
分享你金色的梦想

橘子红了

像一团团火花
在绿树中绽放
橘子红了
红得那样鲜艳
那样炽烈
它是要把一季成长的
热情烘托
橘子红了
它说，它赶上了好时代
火红的岁月
火热的生活
它要加入这
火红的大合唱
高唱一曲
小康之歌

河岸

开镰

开镰了
开镰的仪式
是在心里举行的
喜悦而凝重
还有几分庄严
和神圣
秋收大餐的盘中
盛满了辛劳、汗水和期盼
辛劳已变成了收获
汗水已凝结成果实
期盼已成庆祝
开镰了
开镰收割了一个成熟的季节
收割了一个成熟季节中的
丰收喜悦

观菊展有感

你浓缩了一季的情愫
把一朵朵娇艳的美丽
献给秋季
你偌大的花朵
绽放着各式姿势
吐艳各种色彩
你虽身居盆中闺房

却在大庭广众

出落大方

你已没有那种

百花肃杀唯你独尊的

孤芳高傲

只在人前展示

厚实大度的怡人仪态

你艳得真切

美得大方

你安详的身姿

和宁静的色调

与金风一起

融汇秋的氛围

给大地

增添了一抹秋色

秋雨丝丝

丝丝秋雨

牵出的愁肠丝线

牵动了远方游子

挂念家乡的思绪

秋雨,曾是古代诗人

笔下的泪滴

它把忧伤

注入乡愁的情怀

拨动了多少人思乡的心弦

河岸

眼前，秋雨也是那样

丝丝绵绵

但我觉得

它是滋润秋燥的甘霖

它在为

晚秋的丰满

灌浆结实

风中的雁鸣

我遥望

南飞的雁阵，并听着

风中传来的雁鸣

儿时读过的

大雁南飞的课文

一同回响在我的心灵

大雁呀，你驾着白云南飞

明春何时再归临

风中的雁鸣

像在和人类传情

也许，大雁已知道

人们已把它当作

地球村的村民

在期盼它

早日春归的倩影

白鹭扶摇

拍打秋水
扶摇秋光
一群白色精灵
嬉戏在湿地水塘
它们旁若无人
已把这里
视作它们的领地
当作它们的居房
扶摇的白鹭
鸟观着
河流变样
大地变绿
这里，已是
人的乐园
鸟的天堂

秋日里的问候

也许，还没有察觉
季节的边缘
夏日带着炽热后的温情
与秋天握别
秋日已经来临
秋光映着润红的脸色

摇着丰满的躯体

款款行来

向人们问候，并拿出

稻黄蟹肥来招待

田间的豆荚已经黄熟

白菜正在卷心

老丝瓜挂在已枯萎的藤上

心生退意

金风裹着各种秋的讯息

扑面涌来

并向人们作季节来临的问候

想让人们领略

一个完美的秋天

秋日的问候

来到了已染上秋色的田野

来到了已变得透澈清凉的河塘

来到了装满秋虫鸣叫声的

父亲的老屋

来到了正在褪去绿意的

树林和草地……

秋日的问候

邀请大家一起

走进秋色

秋天的脚步

你走来

是如此轻盈
不想把我的夏梦惊醒
你不像夏日那样热烈
你要营造一个
秋高气爽的安宁

你走来
又是那么厚重
厚重的
果树都低了头
稻穗都弯了腰
因为，你承载了一个
丰硕的季节

秋日里的思念

我的思念
在秋日里弥漫
思念，飘到天上的白云
要问候南飞的大雁
几时归来
思念，挂在树梢
去送别飘落大地的秋叶
思念，裹在风中
要拂去昨天的尘埃
去追寻他乡新的梦幻

秋日的思念

映着小溪的清亮秋波

要送上对她的挚爱

我的思念

还萦绕在金色的稻穗

田野里翻滚的金浪

是我思念的心潮澎湃……

我秋日的思念啊

在云中

在风中

在大地弥漫

在天空飘散

秋天的色彩

一片斑斓的秋色

排着各式方阵走来

如此高调，豪迈

视野的辽阔

也无法接纳这

蓬勃而来的色彩

哦，秋天的色彩

是大板块的

是大写意的

红的，像火焰

红遍万山

使层林尽染

那漫天招展的枫叶

便是红色方阵的旗手

黄的，是金黄

它覆盖一切的气派

要成大地金色的主宰

稻穗翻滚的金浪

连着天际

遍地铺开

它托出的是

金色的收获

金色的浪漫

金色的灿烂

白色也迈着方阵走来

那从沙沙起舞的芦苇丛中

扬起的漫天芦花

一身洁白

与蓝天白云

遥相喝彩

还有翻飞水面的白鹭

点着水花

泛着银光

搅动涟涟清波

澄澈的秋水

映着青黛色的远山

带着叠彩

也在走来……

秋天，就是一个最伟大的画家

河岸

在大地的调色板上
描绘着秋天最绚丽的
多彩,斑斓

拾秋

我寻觅在
田间,河边
在细心地捡拾
秋天留下的遗赠
想把秋天留下的一切
都拾进我的箩筐
已沉甸甸的箩筐中
传出稻穗的感叹
说人们没有把它遗忘在田角
它有了满意的归宿
筐中,还装进了果香
和被风吹落的秋光
我要把这绚丽的秋天
都拾回来

小巷里的秋思

小巷的青石板上
铺满了
关于秋的记忆
踩在上面

就踩进了秋的故事中

青石板上长出的青苔

无数次

被秋雨淋湿了

无数次

又被秋风吹干

秋月照亮了

小巷里的思绪

思念着

远方的游子

不知何时回来

你是否感觉

从小巷里飘出的秋思

是否勾起了你

殷殷的乡愁

感应到

那小巷里

绵绵的秋思

牵动的心

秋之感

秋,是多彩的

斑斓的秋色

叠印着大地的梦幻

秋,是澄澈的

秋水的波光

河岸

轻漾着一泓晶莹
秋，是厚重的
遍野的果实
压弯了秋的枝头
秋，是深邃的
高天流云中
延伸着天地的辽远
秋，是柔情的
绵绵的秋思
注满催泪的乡愁

原载于《太湖》杂志 2017 年第 11 期

秋事

几阵秋风吹过
村头巷尾就谈论着秋事
秋忙的气息
开始弥漫田边角落
鸟儿飞过田野
在巡视那片成熟
弯了腰的稻穗
树上地下熟了的果实
也在风中
交流它们回馈大地的思索
镰刀撸起了袖子
露出了锋利
准备为秋收出力
在等待开镰的吆喝
又一秋丰收季
开始在这里忙碌

2017年10月

河岸

秋分

一

今日,你把秋天
分成两半
使天空
让日月平分
自然界的定律
不知成于何代古人

今年的秋分
细雨蒙蒙
平添了岁月的忧痕
使人怀恋
飘荡的乡魂

二

从今日起
大地,又将黄袍加身
金色的季节
百果纷呈

稻香阵阵

秋实的风景

哪个会说

不胜春

三

从今日起

你携着凉意

把脚步

迈入秋深

枫林红叶

托出的秋景

把人们带上

瑟瑟的路程

也让你

望见了

朝红中的霜晨

2017年9月23日 秋分

河岸

微笑的秋天

谁说，秋天是忧郁的
谁说，秋天是肃杀的

我以为
秋天的云最白
她在蔚蓝中
绽放笑容

我以为
秋天的水最亮
她在澄澈中
漾动笑容

我以为
秋天的风最爽
她在金色中
泛起笑容

我以为

秋天的景最美

她在斑斓中

铺满笑容

2017 年 10 月

河岸

在秋天的路口

通往秋天的路口
作别的夏日
在这里挥手
捏一把
酷暑的余热
给秋天
注入成熟的温度

在秋天的路口
我看到了
秋的辽阔
秋的广博
感触了
秋的明净
秋的深厚
沉醉了
秋的斑斓叠彩
秋的日丽风和

走进秋天的路口
一个风韵卓恣的金色之秋

款款而来，夺人眼球

秋天啊，你是如此瑰丽

斑斓着生命

拥抱着丰收

你是如此浩然

天空变得更加高远

大地筑高了生命的厚度

你是如此富有

五谷捧出金灿的谷粒

万树挂满丰收的硕果……

走在秋的深处

牵出思绪多多

我想挽住多情的秋风

聆听风中传来的

关于秋的絮语

聆听秋在远方的歌喉

哦，生命中

曾与秋，有多少次邂逅

我一千次回眸

也看不够

你的高天厚土

2017 年 10 月

温暖秋思

踏上寒露的季节线
将走进深秋
我想
乘秋阳高悬
再翻晒一下
流年的思绪
把历经的
春日温煦
盛夏骄阳
初秋恬爽
和今日生发的
温暖秋思
梳理打包
同丰收的季节一起
收藏进我的记忆

2017年10月8日寒露

不负秋光

时光的车轮

碾过额头

留下了深深的辙痕

生命的秋季

在这里驻足

把以往的春天重温

逝去的星辰

也带走了

岁月的浮尘

人生,这杯老酒

已变得纯醇

不负秋光

还看

履途新程

丹霞飞升

2017 年 10 月 13 日

河岸

秋风吟(组诗)

秋风吟

抚摸过斑斓的田野
挥动金色的穗鞭
你用一腔风情
吹爽秋籁天边

落叶

你已展示过
属于你的季节
秋风里
以唯美的飘逸
舞旋彩蝶
化身
来年的春泥

南飞雁

认着一条熟路

去南方重温旧梦
展翅下
把秋风拍落在身后

菊香

秋风酿熟的清香
从菊蕊里溢出
又把染香的秋风
送出

摇铃的豆荚

秋风
在你身边驻足
摇响了
你一季的成熟

秋草

你躲闪不及
秋风来袭
熏黄了
你的翠叶

落花流水

落在水面的花叶
像秋天斑斓的泪滴
你淌在涟漪
向秋风辞别

萍水

萍水,在秋风里相逢
绿叶拥抱着清波
漂浮
一泓情浓

流云

你活在秋风中
无论是变幻还是飘动
无论是透彻还是朦胧
你衬着蓝天
有一副清爽的面孔

倩影

你被风吹起的
一缕长发
捋着秋光
拂动霓裳
把流盼
送给稻香

2017 年 10 月

河岸

坐在晚秋

一行金黄的树冠
摇摆着萧瑟
在秋风中走过
我坐在晚秋
检阅季节的沧桑
看斑斓燃后
几丝惆怅
秋阳下
田野里那群白鹭
还在叽叽啾啾

2017年10月

第四篇章　绿野清音

开在深秋的野菊花

一丛丛冷艳
伫立寒风
流浪在旷野的灵魂
在河岸山岗
翘首张望
在秋的深处
跳动野性的火黄
漾出缕缕芬芳
你娇小的脸庞
几分矜持，几分妩媚
在白云下摇晃
你的香气
能刺透风
熬过霜
你拥抱晨露和月光
旁观凋零的群芳
把金色的自信
筑起自己
清香的殿堂

2017 年 11 月

河岸

告别秋光

你一身红装
飘拂的裙裾
挽起斑斓秋光
我想把你挽留
你摇动秋黄
决意要走
说，冬天已在等待
你要告别秋的一方

2017 年 11 月

走进十一月

你脱去
渲染的斑斓
用清束装扮世界
宽厚的肩膀
扛着成熟
把收获捧给人间
把感激留给大地

当你呼吸着萧瑟
心中,已饱满美好回忆
我用湿漉的眼眸
打量你
想和你再做一番絮叙
你已带着红了的枫叶
向十一月走去

2017年11月

河岸

我把秋天的思念寄给你

我要把
这里的土地
在秋天里长出的思念
寄给你
她是春天播下的种子
结出的金粒
对温情的怀恋
她是夏天绿色的蓬勃
冶炼的红叶
对火热的回忆
今天，秋天又要临别
我要把秋的思念
化为霏霏云雨
寄给你

2017 年 12 月 1 日

立冬

渐浓的冷气
漫过身边
迎面走来的冬季
已立在时光年轮里

还披着秋衣的大地
已在打点冬的行装
要去赶赴
银色世界的盛宴

2017 年 11 月立冬

河岸

飘在树梢的晨雾

你总是恋恋不舍
把树梢盘缠
晶莹的轻纱
把絮语
挂在枝丫
抒放的灵动
让登枝的喜鹊惊讶
朦胧里
吹进了斑斓的彩霞

2017 年 11 月

初霜

在时光的拐弯处
秋风走到尽头
季节的筵席
捧出晶莹的冰凌之子
一团团浅黄的冷气
锁住了
地下秋虫的歌喉
大地的脚步
已与冬晨邂逅

2019 年 10 月
原载于《悦动锡山》2019 年冬季刊

河岸

我静静地看着漫天飞雪

此刻，我静静地看着漫天飞雪
目光，走进一片白色的万籁
一场浩大的雪的盛宴
正在大地上铺排
这里，风不再吟唱
树改变了姿态
小河也失去了往日的微澜
只有雪的洁白
雪的梦幻
此刻，我多想有一对翅膀
与漫天飞雪共舞
一起同浴银色的浪漫

2018 年 1 月

家乡晨雾

我常梦萦家乡的晨雾

在那山光水影的晨曦里

低垂飘忽的雾气

像万千缕轻纱

挂在山林

悬在房顶

似露似岚

似烟似云

一丛丛树梢

在蒸腾的雾气中隐现

一幢幢农房

似在轻漾的雾面上浮行

顷间,田野、茶园、果林

覆盖上一片流动的晶莹

哦,江之南,水之乡

飘忽的晨雾

飘着别样的风情

2018 年 11 月

河岸

流水

流淌着星月碎花的
涓涓流水
唱着不倦的
晨曲和晚歌
用不着挥手
轻轻流走
流去岁月的流水
晃动着光阴
也晃动着
我的乡愁

2018年11月

第四篇章　绿野清音

月光

落在我孩提时的月光
好像特别明亮
至今，仿佛还有余光
在月光下捉迷藏
银盘似的月亮
挽在臂膀

落在眼前的月光
多了点羞涩
背负的风色
让她少了坦荡
仰望星空，我多想
拾回儿时的月光

2018 年 9 月

带着乡土味的月色

飘洒的月色
那么轻
薄如蝉衣
悄落在地

躺在稻草堆上
沐着月色
沾着草屑
浓浓的乡土味

漾到心底的月色
沿着心脉
在口中呵出
带着乡土味

2018年10月

压在泥土里的枝条

不是把你埋葬

是为让你新生

压住你的泥土

是孕育你的母亲胸怀

我知道你在泥土里

还在数着夜空的星星

还在聆听风吹过地面的声音

你在默念着时辰

在吮吸着光能

当你长出须根

就会有绿叶生出

2017 年 3 月

河岸

风的模样

谁说你,没有形象
秀林折腰
杨柳轻扬
炊烟袅袅
碧波荡漾
小草摇曳
都是你的模样
在虚空中
你施展的力量
可摧枯拉朽
也可让
山河变样

2017 年 10 月

第四篇章　绿野清音

在春风里破土

慢慢地走
你带着
付出或者收获
荣耀或者风流
欢乐或者忧愁
你已都把它们
留在走过的路

今天，又有新的等候
等候明天，承接
太阳的第一缕光束
新年的第一滴晨露
当一元复始
万象更新
新的梦想
又要在春风里破土

2018 年 12 月

河岸

后 记

《河岸》诗集，经过一年多的收集整理，在朋友们的支持下，现进入编辑出版阶段。如果说，把诗歌创作比作一条波浪宽泛的大河，那么这本尚不成熟的诗集，还只是一个钟情诗歌的业余爱好者，刚涉足诗歌"河边"的"戏水"习作。或有粗陋不当之处，敬望朋友们指正。

在《河岸》的选编结集、联络出版过程中，无锡市政协学习文史委原主任丁坚、无锡市政协社会法制委原副主任鲍三媛及江苏省作协会员、无锡市作协理事梅锦明都做了大量具体工作，付出了很多心血。在此，表示真挚的敬意和深切的感谢。

2024 年 5 月